COLLECTION POÉSIE

ANDRÉ PIEYRE DE MANDIARGUES

Écriture ineffable

précédé de

Ruisseau des solitudes

de

L'Ivre Œil

et suivi de

Gris de perle

et de poèmes inédits

Édition établie par Claude Leroy

nrf

GALLIMARD

LES DESSOUS DE LA CRAIE

« Je suis un enfant des vagues et du cri des mouettes. » C'est ainsi qu'André Pieyre de Mandiargues se présente à Francine Mallet, en 1975, au cours de leurs entretiens. Comment s'étonner dans ces conditions qu'il ne soit pas facile à vivre ? Mais cette confidence est d'un humour à double entente : c'est une clef de son univers de poète qu'il livre avec ce roman familial de sa façon. Tout au long de son œuvre n'ont cessé, en effet, de ressurgir les souvenirs déterminants qu'il garde de son enfance en Normandie. Dans la formation de sa sensibilité comme de son imaginaire il leur attribue une importance décisive. C'était peu après la Grande Guerre. Sa mère, devenue veuve pendant le conflit, avait acheté une vieille maison proche du château de Wargemont, où elle était née. Pendant une dizaine d'années l'orphelin y passera ses vacances de printemps et d'été. En compagnie de Mie, sa gouvernante suisse, et bientôt seul, il a découvert les hautes falaises de Berneval contre lesquelles bat la marée, la petite plage de Puys à côté de Dieppe, les cris des mouettes et des hirondelles de mer, l'écriture énigmatique que leur vol trace dans le ciel, l'odeur si troublante des algues, les poissons que l'on attrape à main nue, les poulpes que l'on apprend à retourner comme un gant et ces « laisses de mer » qui offrent à marée basse un merveilleux musée de débris à même le sable. Plus encore qu'un décor électif, ces images et ces émotions

ont composé dans la mémoire de Mandiargues un paysage originel.

Par un autre mouvement de flux et de reflux, ce paysage ne s'éloigne que pour mieux revenir dans les livres du poète, du conteur aussi bien que de l'essayiste. Les variations en sont fort diverses mais toujours propices au surgissement de l'inouï et plus encore du jamais vu, souvent sous la forme du fantastique, et parfois leurs magies se transposent bien loin des côtes normandes, en Sardaigne par exemple ou au Mexique. Quand Mandiargues tente de se définir en se tournant vers le plus intime ou bien de se ressaisir aux moments de désarroi, c'est toujours vers son paysage originel qu'il revient. Originel, ce paysage l'est dans la plénitude de l'expression, avec ce qu'elle suppose à la fois de commencement et de fondement. C'est à Berneval que l'identité du poète s'est définie et c'est là qu'elle s'est construite. C'est là encore qu'elle vient ressourcer ses fantasmes pour en nourrir ses livres. Ceux que Mandiargues nomme superbement les « régents obscurs » de son enfance y sont à demeure. Ils ont éveillé la sensibilité de ce petit Parisien des beaux quartiers et, de façon plus énigmatique, le poète leur devra sa naissance tardive pendant la seconde guerre mondiale. Les premiers poèmes révélés par L'Âge de craie, *les poèmes en prose que recueille* Dans les années sordides *ou un conte initiatique comme « La marée » suffisent à en témoigner : au commencement était le pays de Caux.*

Le paysage originel de Mandiargues n'a rien d'un décor vide : il est habité par les dieux. Sous leur tutelle secrète les éléments ne cessent d'y jouer et d'y rejouer un drame immémorial. À chaque marée montante, la mer et la falaise s'affrontent dans un fracas d'écume pour s'accoupler et transformer la nature entière en une immense scène sexuelle. Sur les plages de Berneval, les éléments déchaînés s'accordent à faire vivre la mythologie sous les yeux de l'enfant pour lui offrir le spectacle d'une scène primitive à ciel ouvert, qui fera de ce jeune témoin un voyeur définitif. Pour se connaître et pour se faire connaître, Mandiargues ne s'est pas tourné vers l'autobiographie. Les seuls mémoires qu'il ait laissés se réduisent aux informations lacunaires et dispersées, mêlées de fiction et rebelles à la chronologie, que fournissent ses entretiens ou ses volumes d'essais. Pour s'interroger il a pris la voie des mythes, et pour mieux dire c'est elle qui a fait de lui un poète. Tout ce qui appartient à l'histoire — les faits, les dates, les noms, les circonstances — s'estompe devant l'univers fantasmatique : la fable des origines qui régit souverainement la vie de Mandiargues et lui donne sens lui a été contée à Berneval par ces « régents obscurs » qu'ont été dans son enfance, ainsi qu'il le précise à Francine Mallet, « certains animaux, certains végétaux, certaines couleurs, qui sont en correspondance profonde avec l'essence des mythes ». Loin d'être de froides abstractions, Ouranos, châtré par son fils Kronos, et Vénus, née du membre sanglant jeté dans la mer, habitent les plages normandes. En les appelant à un nouveau destin, le poète fera d'eux les acteurs de son théâtre d'écriture. Dans le nouveau répertoire qu'il leur propose, les dieux se travestiront pour se produire sous des noms de fantaisie, au fil des poèmes, des fictions ou encore des visions qu'inspire au metteur en scène la contemplation des peintres. Mais c'est le grand Pan qui règne en maître à Berneval, un grand Pan, à vrai dire, davantage porté à propager la frénésie sexuelle qu'à semer la terreur. Et lorsqu'il prend quand même le visage de l'effroi c'est par un raffinement de cruauté et pour un surcroît de volupté.

À Berneval, les éléments divinisés (ou les dieux élémentaires) ont fait entrer en osmose les trois règnes animal, végétal et minéral. Désormais, ni le partage des identités, ni la séparation des sexes ne seront plus sûrs. De leur violente communion est née l'émotion panique qui anime un récit comme Le Lis de mer *ou un poème comme* Passage de l'Égyptienne. *C'est elle qui émerveille Mandiargues chez un maniériste comme Giuseppe Arcimboldo, dans l'univers des baroques et chez certains des peintres modernes qu'il fait entrer dans son* Belvédère *(Max Ernst, Ljuba ou Bona, sa « peintresse »). Dans les meubles du* XVIIIe *siècle vénitien rien ne l'exalte autant que « les formes qui passent de la roche ou du caillou à la racine, à la branche d'arbre, à la palme, au bras humain, à la patte de lion, au poisson, au serpent et à l'oiseau ». Ainsi s'est élaboré un mythe personnel des plus fascinant à partir de « laisses » mythologiques que le poète s'est appropriées afin de remonter aux sources de son imaginaire. Il évoque dans le miroir qu'elles lui tendent ce qu'aucune introspection ne saurait lui révéler. À l'exemple d'Absalon dans* Le Point où j'en suis, *c'est ainsi qu'un nom « sort du mythe où tant de siècles l'avaient reclus » pour entrer dans la rêverie du poète et la diriger à travers les portes et par-dessus les seuils qu'a mis l'ordre universel pour interdire les communications.*

Des plages normandes à l'écriture et de l'écriture à la publication, le chemin aura pourtant été long, difficile et sinueux. Mandiargues est un auteur tardif, qui a publié sa première plaquette à l'âge de trente-quatre ans : c'est en 1943, pendant la seconde guerre mondiale, que Dans les années sordides *est sorti, à compte d'auteur, des presses du journal* L'Éclaireur de Nice. *Tardif, à vrai dire, il l'aura été comme auteur bien plus que comme écrivain puisque c'est vers 1933 qu'il s'était mis à composer des poèmes, mais en secret, sans jamais le laisser soupçonner à ceux qui lui étaient le plus proches, sa mère, ses compagnes ou ses amis intimes qui bien souvent étaient eux-mêmes des écrivains ou des artistes, comme Leonor Fini, Meret Oppenheim, Henri Cartier-Bresson ou Paul Éluard. À bien des égards, l'entrée en écriture de Mandiargues se place sous le signe de l'énigme. Un tabou semble avoir pesé sur ses premiers essais. Et par quel sortilège ce tabou s'est-il vu lever, dix ans plus tard, à Monaco ?*

Tout se passe comme si l'accès à la parole avait été par deux fois refusé à Mandiargues. Dès son enfance, il a été affligé d'un fort bégaiement, qui l'isolait et l'enfermait dans ses livres. Lorsqu'il s'interroge sur le traumatisme qui peut en être la cause, il suppose que la mort de son père, à la guerre, l'a blessé et comme enfoncé en lui-même, d'autant plus profondément qu'elle a bouleversé la vie de sa mère, qui ne quittera plus désormais les voiles noirs du grand deuil. Une double perte, en quelque sorte, subie par un orphelin de guerre de sept ans. En le rendant bègue cette tragédie familiale l'a muré dans son enfance et elle l'a maintenu dans une condition d'infans, au sens que l'étymologie donne à ce mot puisque est réputé infans celui qui ne parle pas. Par un cheminement qui reste à éclairer, le tabou qui porte sur ses premiers poèmes en serait-il le lointain prolongement ? En tout état de cause, on imagine mal que de simples doutes sur ses qualités d'écrivain, même à ses débuts, aient pu provoquer un silence aussi hermétique. Cette écriture en cachette, marquée par un fort sentiment de culpabilité, laisse deviner un interdit dont la nature se dérobe mais qui lui faisait considérer ses premiers travaux comme des actions inavouables, ce que, dit-il plaisamment, les pères jésuites auraient appelé de la délectation morose. Sans doute la pression du milieu a-t-elle joué son rôle. Le fils d'un héros mort à la guerre peut-il se livrer à une activité aussi futile que la poésie sans déroger à ses devoirs ? Le plaisir d'écrire ne relève-t-il pas d'une inconvenance majeure ou, pour reprendre un de ses titres à venir, d'une incongruité monumentale ? Toujours est-il qu'il restera infans jusqu'à la guerre, et de deux manières, par le bégaiement qui fait de lui un infirme social comme par le secret qu'il s'impose sur ses écritures. Que ce tabou se soit vu lever, dix ans plus tard, pose une autre énigme, qui ramène sur les plages normandes.

Sur les raisons de cette délivrance Mandiargues ne s'est guère étendu, si ce n'est pour faire valoir l'essentiel : en avouant son écriture il a également cessé de bégayer. Admirable enchaînement ! Et c'est de cette décision d'écrire qu'il date sa véritable naissance. Depuis 1940, celui qui passe aux yeux de tous pour un dandy amateur d'art, de voyages et de jolies femmes s'est retiré à Monte-Carlo, où il séjournera pendant toute la guerre. Sans renoncer tout à fait aux plaisirs mondains, il s'est mis à fréquenter assidûment la bibliothèque et, peu à peu, il s'est enfermé dans ce qu'il présente comme « un vœu de clôture en fantastique ». Les lectures dont il fait état impressionnent par *leur abondance autant que par leur éclectisme : les romantiques allemands (Kleist, Arnim, Büchner, Hoffmann, Novalis, Hölderlin) auxquels il restera toujours fidèle, Swedenborg, Shakespeare et les élisabéthains, les poètes anglais du* XIXe *siècle (Coleridge, Keats, Shelley), Leopardi, les maristes italiens, Balzac plus que Stendhal, Nerval avec une prédilection qui ne se démentira pas, Nodier dont il goûte particulièrement* La Fée aux miettes, *Jakob Böhme, son cher Maurice Scève, Mallarmé, Cyrano de Bergerac qu'il tient pour le créateur du poème en prose, sans oublier Platon... Contre les malheurs du temps, l'*infans *s'est mis à lire avec une sorte de boulimie, comme on se protège. Il prend l'habitude de noter ses rêves avec soin dans de petits carnets où il les environne de citations, de vers et d'ébauches de récits. Sur le passage à l'acte qui va le conduire à s'avouer enfin poète et à publier, le mieux est de consulter les « régents obscurs » de son paysage originel, et tout particulièrement les mouettes.*

Bien curieuses mouettes, en vérité, et d'une belle érudition, puisqu'elles poussent un cri étrangement familier : « Astyanax *». C'est ainsi du moins qu'il parvient aux oreilles de Mandiargues et que celui-ci le transcrit. Les oiseaux de mer viendraient-ils entretenir l'enfant de mythologie comme de bons instituteurs veillant sur ses devoirs de vacances ? Au seuil du recueil auquel il donne* Astyanax *pour titre en 1957, le poète semble d'abord chercher à rassurer son lecteur : « Non pas le fâcheux fils d'Hector; Astyanax, c'est le cri des mouettes et des hirondelles de mer devant les hautes falaises de craie, percées de nids, qui ont muré les meilleurs jours de mon enfance. » Une parenté sonore tout au plus. Mais combien troublante... Comment ne pas percevoir dans cet avertissement une invite narquoise à aller y voir de plus près ? Après tout, Mandiargues aurait quelques raisons personnelles de trouver « fâcheux » d'être le fils d'Hector. Astyanax n'est-il pas comme lui un orphelin de guerre ? Hector son père a été tué au combat et Andromaque sa mère s'est elle aussi recluse dans son veuvage pour échapper aux désirs de Pyrrhus, qui la tient captive avec son fils. Quant* *à Astyanax, on sait depuis l'école et l'âge de la craie au tableau qu'il n'apparaît jamais dans la pièce de Racine, un* infans *lui aussi. C'est cet enfant privé de parole qu'Oreste vient réclamer au nom des autres Grecs, qui veulent le faire disparaître car son destin à leurs yeux est tout tracé : le moment venu, il voudra forcément venger son père. Tel est le dilemme dans lequel l'enfance d'Astyanax se voit murée : être mis à mort afin qu'avec lui s'éteigne son devoir de vengeance ou bien se préparer à prendre les armes. Comment imaginer un seul instant qu'il se mette à écrire des poèmes ?*

En 1939, l'heure de la vengeance a sonné pour l'orphelin. Une seconde guerre mondiale vient d'être déclarée contre les mêmes ennemis, ces Allemands, autant dire ces Grecs, qui ont tué son père. À lui de prendre la relève. On sait qu'il n'en sera rien et cette rupture avec son Astyanax intime a délivré sa parole. Certes, il était réformé en raison d'une forte scoliose et de son bégaiement mais devenir résistant, en revanche, il n'y a jamais songé. À Monte-Carlo il détache de soi son double : dépouillant son identité fâcheuse de fils d'Hector et d'Andromaque il renaît en enfant des vagues et du cri des mouettes — Astyanax encore, mais par d'autres racines.

Tout a changé à la faveur d'une répétition. D'une guerre à l'autre, d'un été à l'autre, d'une mer à l'autre, d'une falaise à un rocher, et à Monaco qui fait si bel écho au pays de Caux. Mais la muraille de livres dans laquelle il s'enferme pour sortir de l'Histoire va dénouer le sortilège. En retournant comme une pieuvre l'événement traumatique de 1916, Mandiargues bouleverse son roman familial. Se délivrant tout ensemble de l'ombre de son père, du deuil éternel de sa mère et de ses devoirs d'héritier vengeur, voici qu'il naît enfin, de l'écriture et par l'écriture. Cette seconde naissance — la véritable —, il la date de 1942, ne laissant à personne le soin de calculer qu'il vient d'avoir trente-trois ans, un âge dont le symbolisme se souligne de lui-même. Dès l'année suivante il fait paraître son acte de naissance, Dans les années sordides, *premier de ses recueils. Il a rejeté avec vigueur la tentation du pseudonyme, qui sollicite* pourtant bien des écrivains qui n'entendent plus être confondus avec le fils de leur père. La construction de son identité, en dialogue souterrain avec les merveilles de Berneval, ne fera désormais plus qu'une avec celle de son œuvre. Changer de nom importait moins que changer le nom. C'est le nom reçu qu'il s'agissait de se rendre propre en faisant de lui une signature de poète.

Publier un premier livre est pour Mandiargues un acte grave et d'une portée décisive. Lorsqu'il se fait lecteur il en attend toujours « une sorte de note, qui fixera le ton et la qualité de l'auteur jusqu'au jour de sa mort ». Quand il s'est enfin résolu à entreprendre une œuvre, il aurait pu livrer au public « Le sang de l'agneau », un conte qui se trouvait déjà achevé et qui après bien des réécritures lui donnait vraiment satisfaction. S'il ne l'a pas fait c'est parce qu'il mettait la poésie au-dessus de tout et entendait se faire connaître par un recueil de poèmes — de poèmes en prose, il est vrai. Le conte, il en convient, aurait sans doute été remarqué davantage. Est-ce la note que ce conte-là aurait fixée dans l'esprit de ses tout premiers lecteurs qui l'a retenu ? L'œuvre au nom d'André Pieyre de Mandiargues se serait ouverte sur un double meurtre : le parricide et le matricide auxquels se livre Marceline Caïn, une jeune héroïne au nom bien fait pour rompre les liens familiaux. C'était sans doute un peu rude comme début — ou trop explicite. Mais du parricide (imaginaire) à la prise de parole, le chemin est désormais tout tracé pour l'enfant des mouettes, et c'est sur « Le sang de l'agneau » que s'ouvrira, en 1946, Le Musée noir, le premier de ses livres à être confié à un éditeur, Robert Laffont, et le premier par conséquent à avoir été réellement diffusé et lu.

Tel que Mandiargues le conçoit, le poète, jusque dans la solitude, doit être « en communication perpétuelle avec l'animal, le végétal et le minéral, autant qu'avec l'humain, et la terre, l'eau et le feu ne cessent de lui tenir compagnie ». Il lui revient de régler ces échanges et surtout de les mettre en œuvre. Ce qui *transforme la communication en communion chez André Pieyre de Mandiargues est une figure dont il a très consciemment et abondamment exploité les précieuses ressources : l'antonomase, qui lève les frontières entre le propre et le commun. C'est elle qui permet à Pieyre de se connaître pierre, et réciproquement à la pierre de prendre part au poète : «Pierre encore / Sous de multiples strates», ainsi que l'affirme son «Ode à Ljuba», un long poème qui sous le manifeste et l'art poétique laisse percevoir une confidence chiffrée :*

Et les seuls monuments de la trompeuse histoire
Cristaux de la face inconnue de la pierre
Où se sont mirés nos jours tristes ou clairs
Demeurent ces éclats remémorés
Gemmes mythes durs qui furent sertis
Aux parois des grandes bibliothèques
Comme aux pages des grands catalogues
Du très puissant imaginaire

C'est toujours l'antonomase qui permet à Mandiargues d'extraire de son nom le diamant qu'il recèle. Et, de caillou en galet, que de ricochets tout au long de l'œuvre ! En traitant son nom comme un mot-valise, il en extrait encore, avec le diamant, le dandy, le mendiant, l'aimant, l'amant..., qui à leur tour élargissent le cercle de leurs associations sonores ou sémantiques pour porter peu à peu la signature du poète aux dimensions de l'univers.

Loin de constituer un jeu de mots ponctuel ou une simple marque d'humour, il s'agit de l'acte fondateur qui a permis à André Pieyre de Mandiargues d'entrer par la voie de son nom en osmose panique avec l'ensemble de la nature. Chaque apparition de la pierre dans ses textes lui permet d'y apposer pour ainsi dire sa signature minérale. *Assurant le brassage et la circulation des identités, c'est l'antonomase qui préside aux métempsycoses et aux transmutations : elle permet au poète devenu pierre de bâtir sur elle son œuvre en s'accordant à la grande loi d'attraction qui gouverne l'univers, dans le jeu des marées réglé par la lune aussi bien que dans l'amour qui aimante, « en écho », la conduite des hommes et des femmes :*

En écho de notre caresse
La mer faisait un bruit de sexe
Et nous connûmes soudain
Que nous étions mis en commun
Avec la cendre et la semence
De tout ce qui fut ou sera
Dans les infinités sombres

De texte en texte, se laissent recueillir les pièces d'un vaste musée lapidaire ou d'une sorte de glyptothèque. Le galet y voisine avec le diamant, les gemmes avec les pierreuses, le marbre avec la hyacinthe (si prompte à se changer en jacinthe pour relancer le carrousel des identités)... Tel est le legs des falaises de Berneval à Mandiargues : elles ont fait connaître à l'enfant son « âge de craie » et elles ont révélé au poète les fêtes paniques de la signature. C'est là que s'est frayé le chemin nécessaire qui conduit chez lui de la craie *à la* création, *selon un accord du son et du sens qui se reconduit de ses premiers à ses derniers poèmes, et de* L'Âge de craie *aux* Portes de craie. *Aussi furtive soit-elle, chaque évocation de la craie marque un retour au paysage originel et renouvelle l'alliance qu'il a scellée en son nom propre avec la nature.*

*C'est dans « Blanc et vert », un des poèmes en prose d'*Astyanax, *que se rencontre sans doute la plus belle fable de mort et de renaissance. Ce récit vertigineux est tout entier chiffré au secret de Berneval. Voici le narrateur devant un mur « qui se renflait ainsi qu'un ventre promis à des maternités ». Un commandement impérieux l'oblige soudain à abolir jusqu'au souvenir de toutes les couleurs qui l'émerveillaient et le précipite à l'intérieur du mur, à la rencontre du blanc, lequel l'engloutit « comme un caillou tombé dans un bassin de crème. » Suit une longue exploration de cet univers tout en blanc, au cours de* *laquelle il se voit enfoui dans un banc de craie et forcé à se changer lui-même en craie. La mort règne dans tout ce qui l'entoure et auquel il est contraint de se mêler jusqu'à faire partie de ces débris de cadavres à l'intérieur du blanc dont il connaît, dans un éblouissement, qu'il n'est que mort et que néant. Devenu cadavre lui-même, il se révolte enfin contre cette poussière qui l'avait envahi pour faire « résonner [...] la longue note amoureuse qui préside à la naissance de chacun » : « je bousculai la falaise salement candide où je me trouvais inséré, le blanc partout croula en avalanche, et par les brisures je découvris le jeune vert, profond, mystérieux, musical et tendre, que de la prairie au bois et à la forêt le soleil prodigue en signe de bienvenue devant tout éveil de la vie sur terre. »*

Le lien électif qui unit l'homme né de la craie au monde minéral donne un relief tout particulier à son éloge de la cristallisation. Par ce mot célèbre emprunté à De l'amour, *Mandiargues marque d'abord sa prédilection pour un choc amoureux à retentissement différé, car, pas plus que Stendhal, il n'a de goût ni même d'estime pour le coup de foudre. Cet emportement vulgaire est bon pour les tempéraments sanguins, mais peu digne d'un dandy. Quand il évoque sa première rencontre avec Bona, sa future femme, le 17 octobre 1947, il tourne autour de l'expression, hésite à la récuser avant de l'accommoder à sa façon afin de mieux décrire la sorte de fascination « aiguisée par une sorte de soif » qu'il a ressentie auprès d'elle : mieux que coup de foudre, « coup de miroir » rend compte d'une émotion ambivalente, où se mêlent un sentiment dramatique de la distance et le besoin que cette distance soit abolie.*

Dans le domaine de la création poétique, la spontanéité n'est pas non plus son fort et l'écriture automatique chère à André Breton et à ses amis surréalistes lui est étrangère. S'il fait siennes l'attention qu'ils portent aux rêves et leur célébration de la merveille, l'illumination qu'il recherche quant à lui ne s'obtient qu'au prix d'un long et lucide travail sur l'expression, qui le rapproche bien davantage d'un autre de ses amis, Francis Ponge. Tandis qu'il définit (à Jean-Louis de Rambures) son travail de conteur par des recherches musicales sur la phrase, l'essentiel de son travail d'écriture consiste pour les poèmes, qui sont « comme des bulles venues des profondeurs », en une « patiente cristallisation verbale » et il ne les considère comme achevés que lorsque l'ordre des mots en est devenu immuable. Mais, au grand dépit des amateurs de critique génétique, il ne garde pas trace de cette lente élaboration et il détruit ses manuscrits intermédiaires pour ne conserver que la version qu'il tient pour définitive. De même apporte-t-il très peu de retouches aux poèmes qu'il a publiés en revues lorsqu'il les recueille dans l'un de ses « cahiers ». On ne rencontre pas chez lui, comme chez Ponge, une « Fabrique de la craie ». Il en va de la poésie comme de l'amour : la merveille naît d'une cristallisation, elle n'est rien d'autre qu'une cristallisation.

Le conteur en Mandiargues, il faut en convenir, a fait de l'ombre au poète. Les sept « cahiers de poésies » qui scandent sa production à intervalles irréguliers n'ont jamais bénéficié du même accueil ni de la même reconnaissance que ses récits. L'auteur d'*Astyanax* ou de *Ruisseau des solitudes* le cède encore aujourd'hui devant celui du *Musée noir* ou de *La Marge*, auquel le prix Goncourt a été décerné en 1967. Mais plutôt que de réserver les poèmes au plaisir des *happy few*, soulignons la forte cohérence de l'œuvre de Mandiargues. La quarantaine de livres et de plaquettes qu'il a publiés de 1943 à sa mort se laisse répartir en trois pratiques dominantes : les poèmes, les récits (contes et romans) et les volumes de critique. On ne négligera pas pour autant son travail de traducteur (Filippo de Pisis, Octavio Paz, W. B. Yeats, Yukio Mishima), trois pièces de théâtre tardives qui, comme *Isabella Morra*, n'ont pas trouvé leur public, ainsi que deux volumes d'entretiens (avec Francine Mallet puis Yvonne Caroutch) qu'il a réécrits et qui méritent d'être considérés comme des œuvres à part entière.

Entre les trois pratiques principales les interférences ne sont pas seulement nombreuses : elles révèlent un même projet d'écriture. Plus que des activités séparées, elles apparaissent comme *des approches convergentes du fait poétique. Selon la plume qu'il a choisie, il s'agit pour Mandiargues d'atteindre à la cristallisation dans ses propres textes, ou bien d'en décrire le processus chez d'autres créateurs (peintres, sculpteurs, photographes, écrivains) ou encore d'en produire une sorte d'équivalent par une transposition d'art, le plus souvent de la peinture vers l'écriture, tout particulièrement à l'occasion d'hommages funèbres (Gnoli, di Lazzaro), qu'il nomme « tombeaux » en souvenir de Mallarmé. C'est ainsi que les peintres, qui tiennent une place considérable dans son univers, s'y voient prendre dans une sorte de mouvement kaléidoscopique, qui fait d'eux tour à tour les objets d'une critique (à l'occasion fréquente d'un catalogue), des collaborateurs illustrant ses livres dans des éditions de luxe ou bien les dédicataires de poèmes, dont ils peuvent être également l'objet. Ainsi de Meret Oppenheim, de Leonor Fini, de Toyen, de René Magritte, d'André Masson, de Joan Miró ou de Mehdi Qotbi. À lui seul le nom d'un peintre représente déjà pour lui un certain sujet poétique, et c'est ainsi qu'il célèbre dans son « Odelette pour saluer Max Ernst » un « peintre Sérieux » mais dont la gravité n'est pas pesante. Grâce aux interférences qui relient ces trois pratiques d'écriture, se transpose dans la création poétique la loi générale d'attraction dont la découverte à marée haute a émerveillé l'enfant. L'osmose entre les signes offre une sorte de miroir à la communion panique qui, aux moments d'illumination, vient violemment saisir les éléments et les sexes en marquant le réveil des dieux.*

Les différentes écritures de Mandiargues, au fond, se départent de la même source ou pour mieux dire de la même falaise. Entre elles pas de solution de continuité, comme l'a manifesté d'emblée Dans les années sordides, *un recueil où non seulement le poème en prose se distingue mal du conte mais qui, de surcroît, se réclamait de Leonor Fini dans une première ébauche de préface. Si la prééminence que Mandiargues reconnaît à la poésie s'accorde avec les conceptions surréalistes, il se refuse pour sa part à l'opposer à la littérature, une activité qu'il reconnaît pour sienne et pour laquelle il n'éprouve aucun mépris. Plus qu'une dignité de principe c'est le degré de cristallisation auquel parviennent les textes qui permet de les distinguer. Par ailleurs, les relations du poème et du récit lui paraissent des plus solidaires. Il considère la poésie comme l'« éperon » de tout ce qu'il écrit, mais cet éperon — un mot, bien souvent, qui s'impose tyranniquement à l'esprit — tend bientôt vers le récit : il suffit qu'un verbe se mêle au substantif et voilà que naît l'histoire. Souvent, un poème est à la base d'un de ses romans ou d'une de ses nouvelles : les trois vers de « Sarah » ont donné naissance à celle de ses nouvelles qu'il préfère, « Le diamant ».*

Dans les récits intervient un épisode rituel : un personnage s'arrête brusquement sur un mot surgi de sa rêverie et qui s'impose à lui comme un oracle à interpréter. Venu d'on ne sait où, privé de syntaxe et présenté comme une pierre précieuse à l'état brut, ce mot inquiéteur va dicter une aventure où peu à peu se définira le destin (souvent fatal) du rêveur. De toute évidence, Mandiargues met en scène dans de telles intrusions le processus même de sa création poétique et, de même qu'il admire beaucoup Raymond Roussel dont il reconnaît l'influence, il ne lui déplaît pas, à l'occasion, d'être comparé à son ami Robbe-Grillet, qu'il tient pour l'homme le plus intelligent de son époque. Il donne à entendre que chacun de ses textes, récits et poèmes, s'est développé à partir d'un noyau générateur, qui parfois s'offre (mais en dérobant les règles de son expansion) ou bien qu'il s'agit de découvrir à travers les dérivations ou les diffusions qu'il a permises. Au lecteur de se comporter d'abord en joaillier attentif, à la suite du poète lui-même qui explore par le menu tout ce qui se présente sous ses yeux en se servant de sa myopie comme d'une loupe. Puis, prenant du recul, en panoramiste. Si les textes de Mandiargues déconcertent parfois, c'est en particulier parce qu'ils exigent de leurs lecteurs cette mobilité du point de vue entre un mot générateur et l'ensemble du texte où se révèle, à une échelle supérieure, son pouvoir d'irradiation et d'association. Ces arrêts et ces relances, ces aventures parfois douloureuses du regard, font songer aux « Têtes composées » d'un peintre qui lui est particulièrement proche, Arcimboldo le merveilleux.

Dans l'essai qu'il lui a consacré, le poète considère ces « Têtes composées » comme « des têtes humaines composées de choses disparates et dont la provenance était naturelle plus souvent qu'industrielle ». Ainsi des Quatre éléments, *des* Quatre saisons *ou du fameux* Bibliothécaire *qu'il décrit comme des « natures mortes anthropomorphes ». Selon que « le point de vue » (comme il aime le nommer en le personnifiant) se rapproche de la toile ou s'en éloigne, l'image se compose, se décompose ou se recompose pour donner à voir tantôt une tête, tantôt un assemblage de choses disparates. Dans cette alternance de destruction et de formation de l'image, c'est, à chaque fois, la création puis la fin du monde qui se donnent à voir. Décomposables et recomposables à loisir, les « Têtes composées » d'Arcimboldo offrent le spectacle d'une cosmogonie fragile mais toujours réversible. Cette réversibilité marque le triomphe de la mort, puis un triomphe sur la mort. Des toiles d'Arcimboldo Mandiargues a reçu une leçon de merveille, qu'il s'est attaché à transposer dans ce qu'on pourrait appeler ses « Textes composés ».*

Dans son vocabulaire, trois mots s'aimantent avec une régularité qui suppose un enchaînement nécessaire : merveille, exaltation, cristallisation. *L'exaltation au spectacle de la merveille (lue ou vue) a éveillé en lui le désir d'atteindre à son tour à une pareille cristallisation. S'il y parvient, de cette cristallisation naîtra une merveille nouvelle qui provoquant l'exaltation du lecteur pourra l'inciter à entrer lui aussi dans le cycle sans fin de la création. Comment un lecteur émerveillé se change-t-il en poète émerveilleur ? Dans sa façon de traiter son propre nom en mot-valise, Mandiargues joint à l'exemple d'Arcimboldo celui de Michel Leiris. Dans* Glossaire j'y serre mes gloses *celui-ci a mis au point un dictionnaire au fonctionnement singulier : les mots s'y voient définir par eux-mêmes, et c'est une combinaison de leurs suggestions sonores, graphiques et sémantiques qui révèle leur identité secrète. Par exemple : « Merveilleux — (il met la mer en veilleuse) ».*

oui

En ouvrant à son tour les valises du « merveilleux », Mandiargues en a d'abord extrait la *mer*, tenant pour inséparables, en dépit de la logique et de l'étymologie, le mot « émerveillement » et le mot « mer ». Dans ses poèmes en prose les plages sont riches en rencontres insolites : une petite danseuse d'opéra en maillot rose et en tutu enfouie dans la vase, un alignement de paires de jambes en bronze fumé, une gigantesque mouche de mer... Et surtout, en français, les chemins de la mer conduisent irrésistiblement vers la *mère*. Ce cheminement est d'autant mieux balisé pour Mandiargues que la maison de Berneval, on l'a vu, appartenait à sa mère. C'est ici que s'est décidé le destin du poète : la mer maritime a pris la relève d'une mère maternelle adorée, mais inaccessible à son fils depuis qu'elle s'est recluse dans ses voiles de veuve. De la marée est venu le recours. La merveille pour l'Astyanax normand c'est quand la *mer veille*, et que les vagues s'accordent aux mouettes pour lui offrir la berceuse à son nom qu'on lui refuse ailleurs. Les vagues qui lui ont donné l'éveil resteront généreuses envers leur enfant. Entre mer et mère, le scénario par excellence du surgissement du merveilleux n'est-il pas, ne sera-t-il pas toujours pour lui, celui de la naissance de Vénus ?

En présentant *L'Âge de craie* qui recueille les tout premiers poèmes qu'il ait écrits à partir de 1935, Mandiargues se montre fidèle à ce pacte des origines : « La poésie, comme l'art, est inséparable de la merveille. Elle est domiciliée dans l'espace émotif et ne saurait vivre ailleurs. » Mais alors que son imaginaire présente une cohérence à la forte originalité, sa création poétique n'a rien de statique. Une des singularités qu'il se reconnaît est de ne retrancher à peu près rien à ce qu'il a d'abord écrit, mais de toujours ajouter. Des vers se glissent à l'intérieur, écartant les autres, comme par une croissance végétale. S'il est cependant délicat de définir sa conception du poème c'est parce qu'il n'aime guère se répéter, surtout après ses réussites, comme le montre l'évolution que manifeste la suite de ses « cahiers ». De *L'Âge de craie* à *Astyanax*, les premiers de ses poèmes sont marqués par une profusion d'images violentes qui tendent au

comme fait la mer par le jeu des vagues

fantastique. En accord avec les prescriptions surréalistes il estime alors que les intensités de la poésie consistent surtout dans le choc des images, suivant la pensée de Lautréamont. Et le poème, même en vers, tend nettement vers le récit.

En 1964, Le Point où j'en suis *marque un tournant. L'image change peu à peu de régime : délaissant le maniérisme et la violence, renonçant aux feux d'artifice, elle se transforme en vision globale, traduite de la rêverie. C'est le poème tout entier qui demande désormais à être considéré comme une image. Si Mandiargues garde une vive admiration pour la virtuosité de Benjamin Péret, il se sent plus proche de Paul Éluard et, parmi les contemporains, il prend pour exemples Jean Arp, dont le contrepoint verbal extrêmement strict lui fait penser à Bach, et Eugène Guillevic, dont il juge* Étier *admirable. À partir de* Ruisseau des solitudes, *paru en 1968, et jusqu'aux tout derniers poèmes, l'écriture se dépouille de plus en plus, recherchant volontiers le prosaïsme, relevée ici ou là par une inversion, l'irruption d'un mot rare ou une brusque imprécation. Une certaine cruauté d'expression hache le langage, comme on coupe court, pour mieux le dépouiller : la suite des treize* Jacinthes *est à cet égard comme à d'autres l'un de ses chefs-d'œuvre. Varier autant que possible les mètres et de préférence les choisir courts, en des poèmes brefs, devient pour lui une règle, à laquelle ne se soustraient (admirablement) que* Croiseur noir *ou* Passage de l'Égyptienne. *Cet ami des peintres noue de nouvelles alliances rythmiques avec la musique dodécaphonique d'Anton Webern et d'Alban Berg ou avec l'écriture monophonique de Giacinto Scelsi. Et le poète surréaliste se présente désormais comme un poète de la circonstance.*

Bien loin des tentations allégoriques et impersonnelles qui marquent ses premiers essais, et toujours aussi peu enclin aux purs jeux formels (si l'on excepte le cas particulier de Chapeaugaga *qui tourne en dérision l'Académie française), il note avec soin à la fin de chaque poème le lieu et la date qui l'ont vu naître. Quant aux dédicaces, si elles sont nombreuses, c'est qu'il a le goût d'offrir des poèmes à ceux qu'il aime bien.*

Seul lui importe à présent le choc du réel et de l'instant. Il le souligne avec insistance dans chacune de ses interviews : tous ses poèmes ont un sujet. Un poème, précise-t-il à Claude Bonnefoy, est « une tentative de cristallisation verbale sur un point de pensée ». À la dernière section du Point où j'en suis *il avait déjà donné pour titre « Mont-joie des circonstances » en réveillant un vieux mot dont l'usage s'est perdu et dont la définition a dû le ravir. Pour le* Nouveau Larousse universel *qui en garde encore trace, la* montjoie *n'est rien d'autre, en effet, qu'un « monceau de pierres pour marquer les chemins, ou pour rappeler quelque événement important ». Cet enracinement dans la vie quotidienne est inséparable de la vive attention qu'il accorde aux forces mystérieuses de la poésie, dont Rimbaud et Apollinaire lui ont montré le pouvoir de voyance. Lorsqu'on est dans l'angoisse ou le malheur, confie-t-il à Claude Couffon, elle a « un pouvoir libératoire immense ».*

L'apparition de nombreux noms de femmes, avec celui de Bona au tout premier rang, donne aux derniers recueils un aspect de journal intime, celui du moins de ses émotions, le seul qui vaille et qu'il ait voulu tenir. Astyanax, *d'un côté,* L'Ivre Œil, *de l'autre, représentent à ses yeux ses réussites les plus accomplies. En Stendhal qui lui a fait comprendre (mais malgré lui) que les mots autant que les rameaux de Salzbourg exigent de cristalliser pour accéder à la merveille, plus que le romancier il célèbre le « Beylamour ». C'est à lui qu'il donne le dernier mot dans* Bona l'amour et la peinture, *l'essai qu'il dédie à celle qu'il aime : « Et je me sentirais en dette envers quelque chose d'ineffable si je manquais à saluer la vie. »*

CLAUDE LEROY

RUISSEAU DES SOLITUDES

Cinquième cahier de poésie

Ruisseau des solitudes

De mis soledades vengo.

GÓNGORA

RUISSEAU DES SOLITUDES[1]

Nul qui seul soit
Chez soi
Et là qui
Ne veuille être en la rue,

Nul en la rue
Qui soit
Seul
Et qui ne veuille
Être chez soi
Derrière un seuil
À soi,

La rue annule
Par roulement elle annule
Jour et nuit elle annule,

La nue au ciel
Déploie
Un linceul sur la rue,

Longue rue
Plus longue elle est

Plus elle annule
Plus tôt l'homme est enclos,

Un sillon long
Une fosse fouie,

Sous le bleu-gris
De la buanderie haute
D'où les désirs découlent,

Douce douceur des seuls
Désireux oui,

Seuls chez lui quand ils sont
Ou semblablement
Chez elle
Nu et nue ils se veulent
Ils ruent
Suent,

Quoique deux étant seuls
Ils suent oui donc
Ils ruent afin
D'être en deux un,

Qu'elle soit arable
Il est charrue
Ils se voudraient le grain
D'un seul épi,

Aspirant à l'unique
Ils terrent
Font un double lapin,

Seul à seule ils s'enclouent
Couvercle et fond

Du coffre long
Qui est couple et
Qui descend en des boues,

Pour être annulé
De par loi de balai,

Tandis que loin
Devant le manche
Et en arrière aussi
Se reforme la rue,

Ruisseau des solitudes.

PHÉBUS FROID

Lord idiot de la mort
Soleil gelé à blanc
Lune qui baye aux chiens
Dieu lune
Face d'obsidienne
Phébus inverse
Délos aux couilles de marbre,

J'oppose comme un miroir
Aux glaçons longs de ton rire
L'éclat de mon rire incendiaire.

CONVOCATION

Météore minuté
Par le balancier de l'imaginaire,

Au peigne de mes doigts
S'échevèle une opale
Devant moi
Si je sème
En t'honorant
Considérable sœur,

Et tu m'aimerais mieux
Dément pensé-je
D'être au balcon du cœur
Ainsi qu'un fou lunaire
Qui lui-même s'encloue
À tels rayons blessants
Comme lynx issus
D'une haute verdure par tes longs cils grillée,

Sœur en forme de jungle
Où bat ma main le tambour
De la convocation bestiale,

Ô sœur qu'en mon exil
J'évoque à l'heure
Du lâcher de tes boucles fauves.

CLAIRIÈRE

L'impudeur et la pudeur
Font le tour d'un buis taillé
En négresse
Puis tu les conduis par la main
Dans une folie suédoise,

Fermais-tu les yeux pour savoir
Mieux le chemin rococo ?

La mousse des bouleaux répondrait
Au front des nymphes s'il fallait
Que fût trait l'excès de la coupe,

Mais l'imberbe pierre blanche
Ne fut machinée pour jouer
Que la fièvre ou que l'ivre mort.

RÉBELLION[1]

Froid
Dis-je
Noir dis-tu
Pour dire à l'unisson
Des dieux d'ombre,

Mais pourquoi ne pas dire
Rouge et feu
Les sûrs garants de la nuit
Piliers de l'hiver
Au porche de l'obscurité ?

Pourquoi ne pas dire
La chaleur du sang
Redire la couleur des flammes ?

Une tuerie réchauffe
Dis-tu en rébellion
Et je dis
Que l'incendie volontaire
Luit en bas de la crypte
Au défi des dieux clairs.

(11 octobre 1964)

LES SOUFFLEURS DE VERRE

L'élu du solstice d'hiver
Entrera dans la nuit des temps,

Cassé bientôt,

Comme un rat gelé à pierre
Puis écrasé par un poids lourd
Et rebuté d'un coup de rouvre
Blanchi sur la verge de dieu.

(20 décembre 1965)

PERLE

Un œuf un crâne blanc
Sont en parité juste
Sur la balance de midi,

L'aiguille fait un point d'ombre,

Mais une perle sans limite
Est le dévidoir de minuit,

Le bonheur qui en découle
N'admet ni poids ni mesure.

CYGNE

D'un feu de peu
Effroi régnant
Givrant le gel
Par rupture de soie
Et voie de nacre agile,

En adorable courbe
Tu fis le cygne,

Tout bûcher dis-tu est l'autel
Où tout innocent prierait
La sainte nue et la sorcière,

La prière blanche du sang
Feras-tu qu'elle vole
Outre la perfection légère
D'autres plumes et de la perle ?

VARIANTE[1]

Un jour
Le jour tournera comme une page
Et je saurai la vraie couleur du jour.

*

Un jour
Le jour s'ouvrira comme un œil
Et je verrai la vraie couleur du jour.

LUEUR DE RAIL

Le poète soumis
En paix qu'il paisse
Du dictionnaire à l'égout,

Parfois la poudre noircit l'autre
Dans un éclat de train brusque
Ou bien sous forme de ses mots
Il est offert aux flammes
Mais toute eau courante l'épouse
Pour le porter dans l'immense,

Sa cendre à lui son trouble à elle
L'ombre rouge et la clarté perse
Sauront éteindre et rallumer
Le grand brasier prophétique
Où luit le rail de l'histoire.

HAUTES EAUX

Dans les profonds bleus supérieurs
Les requins du ciel font la ronde,

Ils laisseront l'homme tranquille
Sans doute aussi longtemps qu'ils
Poursuivront leurs sexes de chiens,

Et c'est en vain que tu jettes
La sonde innocente de l'œil
D'un poète ou d'un prophète
Vers la bestialité haute,

Puisque ce jeu sale et le tien
Se répondent comme les reflets
De ce qui peut-être fut
Avant toi et avant tes dieux.

PÜPPCHEN

Tu es sac
Où l'on (qui ?)
Mit quelque écho
D'un langage,

Chaude et velue
Petit bagage à main
Tu causes.

L’EXISTENTIALISTE

Gamine en bleu chandail qui
Secouais tes boucles paille
Dans les ruines d’un bordel
À milan[1] après la guerre
Toi qui disais Regarde-moi
Je fais l’existentialiste
Je fais l’idiote prends-moi,

Je t’ai prise.

PONT NEUF[1]

L'arc en l'abîme il est
Du pont qui fut
Droit comme un songe sûr
Depuis le premier feu cordial
Jusqu'à la combustion commune
La fusion des souffles,

L'arc en bas il est chu
Du pont haut
Où passait le bon troupeau
De nos rêveries entre le
Souvenir et le devenir,

Tout dans un fond froid il est
Rebut mitraille
Parmi l'herbe rudérale,

Rompu il gît
Et ce fut l'effet m'as-tu dit
D'une occultation naturelle

Comme la tombée du soir
Comme la tombée des paupières,

Ouvre les yeux rends-moi
Le pont d'un regard neuf.

ARAIGNÉE ROUGE

Du ventre étoilé de la nuit
Jusqu'au poil de l'amie nue
Maman mappemonde sur le drap
Où meurt un souvenir de coups
Ainsi que pas s'éloignant
Le fanal d'une araignée rouge
Au bout de la cendre longue
De la cigue de haschisch
Retient mille camions
Chargés de bruits de femmes vides,

Et tu ris au carrefour
Du gong et du dénuement
Tu ris irrémédiablement
Sous les phares de mille veuves
Qui n'attendent qu'un feu vert pour
Gémir sur toi toutes ensemble,

Pleurent les pneus qui dérapent
Tandis que fleurit la fleur vaste
Volent en feu les vautours
Jusqu'au point où le bleu de l'air
Se confond avec un ciel noir
Fuse le trait du missile

Où l'ultime instant se love
Rien ne détournera ton œil
Du labyrinthe dentelé
Qui fut ourdi peut-être
Pour la divagation pourpre
D'une bête en forme de plaie,

Bête arbitraire que meut
Tel vœu de rapacité rose
Il faudra pour la conjurer
Que tu poses ta bouche sur
Les lèvres de l'autre groseille.

LA TOUTE-PUISSANTE[1]

La toute-puissante a dit :

Je casse un sycomore d'un coup de langue. Les troncs de haute futaie, s'ils n'ont crû que pour donner de l'ombre aux fougères, je leur pardonne. Les grands crétins, enfants de généraux, qui dans la nuit téléphonent pour assurer leur stature sur le pied de léon bloy, je leur pardonne. Mais je casse un sycomore d'un coup de langue. Et tous ceux qui sans avoir reçu la folie en aumône s'érigent, ceux qui s'honorent, ceux qui se sacrent ou capitalement se couronnent, ceux qui veulent dominer le ras gazon ou la poussière auxquels du point où je suis se réduisent votre règne animal, votre règne végétal et votre règne minéral dans la totalité, je les romps. Car je casse un sycomore d'un coup de langue, et je ne cesserai de lécher votre joli monde qu'il ne soit devenu égal et poli à l'instar des boules d'os que vos joueurs font rouler sur des tapis verts ou de la petite planète que vous avez tous identiquement dans la tête, entre les pensées et la peau.

Après avoir dit, pour un peu de temps encore, la toute-puissante s'est rendormie.

QUEUE DE QUE

Phare à midi bout optique
Ton gros œil de verre est gros
Des verts signaux que tu vas
Darder sur le vent de nuit,

Et puis qu'importe puisque
Je me sais seul ainsi que
N'importe lequel d'entre
Ces millions de galets
Oui brûleraient mes pieds nus
Si je me levais d'où je suis,

Multitude autour de ton
Bout obtus sous le dur éclat.

DU GÉRANIUM AU FEU

Du géranium à l'uranium
Va le serpent,

Comment va-t-il ? Il va bien
Pour le malheur du bon grain,

Des millénaires et des matins
Ont rétréci le jardin,

Limon ventre qui fume
Corne où le soleil s'essouffle
L'os est carié
La dent siffle,

Le sel sera
La punition de l'eau vieillie,

Quand la peau touchera au feu.

DOIGT DIVIN

Il rit
Le petit supplicié chinois
Le torturé des cent fleurs,

Quand sur l'acier du zip
Le doigt d'un être majuscule
Tire l'anneau vers les gouffres
Ouvre sur la peau le cuir noir,

Produit la rose incalculable
Au parterre des roses d'arme,

Il rit d'être le point de mire
De mille filles mitrailleuses
Les belles de chez maxim,

Le doigt énorme d'où est-il ?

Et d'où est l'énorme pied
Qu'on ne peut regarder sans rire ?

TON PASSAGE

à C. R.[1]

Nulle fleur n'est excessive
Au seuil du solstice d'hiver,

Mais quelle sève ou quel sang fou
Quel vin vert à l'ardente écume
Monte depuis le pied botté
Jusqu'en haut de ta belle hampe ?

Tes pétales sont des lions
Qui ont pris feu du premier bond
Quand tu as épanoui ta tête
Au défi d'un ciel neigeux
Et leurs griffes flamboyantes
Ont aveuglé toutes les lampes,

Tes lèvres se sont ouvertes
Comme la glace d'un étang
Devant l'ombre d'un imprudent,

L'oreille à la moindre tiédeur
Sous la toison des frimas

J'épiais un rire ou le cri
Que font les fleuves sibériens
Dans l'heure de la débâcle,

Géante primevère
Que j'égale violemment
À l'ob ou au iénisséi
Puisse le plaisir déborder
De ta corolle limpide,

Je t'ai vue j'ai vu le temps
Percé d'un passage insolite
Où je voudrais que tu veuilles
M'ensevelir sous tes feuilles.

CIEL DU LION

Si haute blondeur ai-je
En aucun rêve de forêt
Soupçonné même un pareil bleu?

Un adorable drap
Tremble sous son feuillage,

Mais à la cime sa beauté
Se souvient du ciel du lion
Et dans son sommeil royal
Elle impose à l'agile azur
Une apothéose de miel,

Où rayonna son plaisir clair
L'ombre des mouches s'achève.

BOIS BLOND

Puissé-je être caillou
Galet
Pierre à feu
Au fond fin de la fosse où tu dors !

Puissent tomber autour de moi
Quatre planches de bois blond
Tes quatre membres exemplaires !

Dans l'argile de ton sommeil
Perce le cri des hirondelles.

THÉÂTRES D'AMAZONIE

Blonde blondeur surgie
Tu nommes le bleu de l'air
Tu arraches au dictionnaire
Mille bouleversants bouleaux
Le pavois d'un drap volant
Où s'inscrivit ta joie sans ombre
Ton rire l'annonciation
Des grands théâtres d'amazonie.

HIGH SOCIETY

à Chantal[1]

Velours aidant disais-je mais
Il y avait un vert de plantes vertes
Et puis cet autre vert au creux du cuivre
Des pots de cuivre astiqués mal
Mais
Le valet est très vieux disais-je encore
Tandis qu'à grands coups de ses bottes elle
Plantait partout dans le salon les souvenirs
De ses longues cuisses de beauté baigneuse,

Tout salon disais-je est une mémoire
Où les souvenirs derrière des plantes vertes
Ôtent leur jupe avant de piquer
En blanc maillot une tête dans
La piscine que le valet vieux oublia
Peut-être de remplir
Mais
Caracalla du haut de son socle en plâtre
La lorgne et je sais trop
Qu'elle pourrait crier à voix de coq aussi
Enflant sa gorge de beauté baigneuse,

La chair des viandes rouges disais-je
Est rose mais
Il faudrait que le valet portât des verres
À casser sous ses bottes tandis
Que dégoise l'idiote et que
L'idiot se rafraîchit à du café glacé
Mais
Dans le salon voltigent partout des mots riches
Qui pourraient provoquer le cri du coq
Me disais-je inquiet
Car si les opulents débiles savaient
Un peu ce dont un peu je la sais capable ils
Fuiraient oui disais-je ils fuiraient devant
Son immense œil de beauté baigneuse,

Le café froid empêche de dormir
Non moins que le chaud
Disais-je mais
À deux heures le vieux valet dort debout
Qui voudrait me vêtir d'une veste
De femme tandis
Que la dame aux amis adieu dit
Et que vers le ruisseau descend le beau monde
Mais
Elle m'a regardé avec pitié sans doute
En nourrissant dans le fond de sa gorge
Le cri qu'elle fera pour moi
Quand se refermera la porte noire et que
Séparés de ma soif seront
Ses brillants blonds cheveux de beauté baigneuse.

LES LETTRES À VOS PIEDS

Je jette à vos pieds toutes les lettres
Qui composent le nom de mandiargues,

Beaux piliers dont les seins ont éclairé ma route,

Un aveugle au toucher me lira
Puis ses doigts iront jusqu'à vos lèvres.

LES LOUPS[1]

à Josée Lapeyrère

Tel mot, qui gît en bas de moi comme il gît dans tous les hommes, je ne sais, femme, ce qu'il a pour toi d'essentiel, mais pour obéir à ta voix et à ton regard volages je ferai qu'il monte de la profondeur et qu'il prenne corps dans notre site. À la forme surgie, qui est d'une sorte de chien maigre, je donnerai peu d'attention, et j'espère que tu n'en donneras pas davantage. Il me semble plus frappant que les survenus soient d'une blancheur si intensément blanche qu'elle passe en pureté le blanc même de la neige (inévitable écho du mot que tu proposas), et qu'il n'y ait de couleur en eux qu'en leurs yeux, qui ont une très claire clarté verte. Presque pareille est la couleur de l'espace où ils vont, qui est un ciel illimité, bleu plus lumineusement que le vrai. Et pour répondre à ton vœu je suis placé au centre de ce ciel ou de cet azur.

Les loups, un après l'autre, à des intervalles longs, s'élèvent de moi comme des bulles de tellement splendide candeur qu'elles ne sauraient avoir rien de commun avec la souche d'où elles se sont détachées. Les loups décrivent une spirale ascendante, qui dans le lointain s'amenuise aussi loin que je peux voir, signe ou définition de mon ciel puisqu'elle est issue du fond de moi. À chaque loup qui me quitte, étrangement, je souffre, comme si j'avais avancé d'un pas sur un champ de bataille et que chacun de mes pas retirât son reste de vie à un blessé innocent.

Je suis peut-être la somme de ces misérables qu'en m'éloignant de mon commencement je meurtris. Mes loups sont peut-être des roses blanches fleuries sur la spirale du grand rosier qui appartient à tous les hommes, quoiqu'il leur soit sévèrement invisible. Il n'y a peut-être pas de loups.

LA PIÈCE DE CINQ PESÈTES

La pièce de cinq pesètes
Je l'ai mise dans la fente
Du distributeur de timbres
Et j'ai pressé le bouton,

J'ai reçu la petite image
D'un homme à face de furoncle[1]
À dos collant,

Sur celle-là je cracherai
Je l'écraserai du poing
Je l'enverrai
Loin,

Faisant ainsi je ferai
Ce que font en attendant mieux
Bien des gens de ce pays.

(Barcelone, mai 1966)

RETRAIT

Quand au langage du poète
Les couleurs seront retirées,

Quand les noms même des fleurs
Ne diront rien à sa mémoire,

Cependant qu'en lui demeure
L'adorable mot *noir*
Renvoyé par le miroir blanc
De la page où il sut écrire.

MAGNANS

Petite apprentie de la mort,

Nue à midi et vénielle
Dans la maison de vitres
Sous des rameaux de mûrier blanc
Pendant que l'on t'aime entends
Le bruit des magnans qui mâchent.

DÉCLARATION APIPHILE

Six jambes six pieds brillants
Hors du corset de cuir velu
Qu'un peu de pollen enrichit
Suggèrent un trio de filles
Tapageuses dangereuses
Quand leur exaltation
Brûle les planches que je songe
Derrière l'apparent bouquet,

Ouvrières d'un klondyke doux
J'ai toujours chéri les abeilles,

L'air est plus clair quand le raye
La stridence de leur trait,

Et j'aime et je m'émerveille
Que la rectitude et ce bruit
Soient les outils imprévus
De la suprême suavité.

POUR MAGRITTE[1]

(SEPT POÈMES À COUTEAU)

I

Les lièvres que vous écrivîtes
Furent culbutés un peu vite,

Les lièvres que nous avons lus
Perdaient du sang à chaque page,

Aimez dans le lièvre le style
Moustache et duvet d'évangile,

En civet la raison n'est rien
Je l'exprime hors du lutrin.

II

Une alouette aux miroirs c'est
Le reflet du bleu du ciel
Dans un œil entouré de poils.

III

Le drapeau de bande-aux-étoiles
Qui pavoise le blanc du pape
Embauche dans les vertus suisses
La connerie qui se boit
En buvant coca-cola.

IV

D'un sourd qui n'entendait rien
Que le cri des papillons
Les yeux se fermaient et s'ouvraient
Si violemment et si vite
Qu'il savait monter dans le bleu
Jusqu'aux roses de la musique,

Des poupées s'effeuillaient là
Dont il jouissait pendant qu'elles
L'initiaient au mot atropos.

V

D'une statue qui lui dit merde
Le douanier craintivement baise
Le sexe de marbre blanc
Car tout œuf est un ascenseur
Qui peut remonter à l'oiseau
Dont la voix commandait les anges.

VI

Une page tourne la page
Où déclinait un astre rouge
Entre les cornes d'un hibou
Debout sur les vastes neiges,

Peuple ainsi tu tourneras
Le commutateur de l'histoire
Si la fardeuse s'affaire
Aux lèvres du chef de l'état
Qui va surgir à la télé.

VII

Le sel a saigné sur le sable
L'eau est remontée au ciel
Elle s'étend à la droite du feu,

L'homme en livrée de garde-chasse
Regarde stupidement
Ses pieds mués en pavés,

Et la verdure cessera d'être cerf.

DIGUE

à Miró

Digue,

Disais-je digue
Pensais-je digue
Ou pensai-je que je
Disais digue ?

Digue et pourquoi
Ai-je pensé digue ?

Digue à quoi bonne ?

Contre qui contre quoi
Bâtie
Fondée de rocs
Problématiques ?

Exposé suis-je
Devant
Ou fortifié
Derrière ?

Suis-je moi digue
Pour assurer quelqu'un
Quelque chose
Au fort de quelques blocs?

Digue rose
Tiens
Voilà que la couleur vient
Par le petit chemin charnu
Tracé d'un bout de langue
Au coin de lèvres vénielles,

Digue long doigt
Qui va contre le bleu du ciel
Et qui indique
Je ne sais encore quoi,

Jetée non pas
Battue de boue et de crachats
Mais digue de blocs de taille
Durs,

Où je me trouve au point extrême
Promu par les dieux délicats
Lord incongru des eaux
Dindon de phare
Daddy lanterne,

Et toi madone
Mado
Doux mirador
Dodue du bas
Des reins
Mince en dessus
Puis galamment jumelée

Je ne veux abriter rien
Que ta peau et que les plumes
De ton rêve exalté haut,

Ainsi je tourne et retourne
Mon monotone mot
Je le cimente de mon sang
Pour qu'agglutiné à lui-même
Il ne laisse choir sur toi
Le vent ni l'eau ni le feu ni
Le poussier infiniment fin
De la suavité divine,

Digue donc disais-je
Je le voudrais
Mais si c'est dogue que j'ai dit
Par calamité verbale
Ou par fatale inadvertance
Alors un grand bond de blancheur
Franchit le mur de la planque
Il pleut partout des dents claires
Qui rayent le repli d'ombre
Et tu cries et je crie
Un cri de peur et de douleur
Le cri qu'au commandement
Des supérieurs gracieux
Comme les hommes disparus
Comme tous ceux qui paraîtront
Nous fûmes créés pour crier,

Reflets du feu qui hurla
Sur le noir flux des origines
Peut-être
Échos qui nous bornons de pierre.

ROUE DE PÉTALES

Tu vas en te fiant aux hommes
Comme une en chemin dans la nuit
Qui prend à chaque lampadaire
Prétexte d'une pause
Pour lui confier son blanc visage,

Je te suivrai quoi que tu fasses
Où que tu ailles mon pied
Poussera le boulet d'argent
Qui sonne derrière le tien
Sur le ciment noir de la voie,

Dans mes mains je réunirai
Des éclats de carreaux usés
Par le feu de la pleine lune
Et je fleurirai de sang mâle
Les reposoirs de l'égarement,

Du nombre des stations
Nous irons sans savoir le compte
Mais le bruit des astres violents
Qui rayent le céleste skating
Rythmera ton songe et ma course,

Jusqu'au point d'apercevoir
Que la passion qui nous contint
S'est réduite à cinq pétales pourpres
Qui tournent devant nos faces
Pour nous signaler d'aller d'outre,

Vertigineuse tulipe
Où nous entrerons de concert
Tandis que les sons s'ouvriront
Et que s'entendra le parfum
De la totalité restaurée.

L'INNOMÉ[1]

Ce lien qui est entre elle et moi, quel est-il, ou bien, si ce n'est d'un lien précisément qu'il s'agit, qu'est-ce, et quel mot de langage d'homme plus justement accuserait cela ? Les yeux ? Sans doute il y a le regard de ces très grands yeux (excessifs, dira l'envieuse) où dès le premier abord je fus engouffré jusqu'au ténébreux point. Mais ce n'est pas un regard qui me lie. Sans doute il y a la chevelure, massivement brune avec un ton de bois beau et bon (où la teinture aujourd'hui masque une infiltration de la couleur squelettique). Mais ce n'est pas la chevelure qui est en cause. Il y a les épaules qui hors des hublots jumeaux d'une blouse en soie rose proposaient hier aux mains de tous une cueillaison cananéenne. Ce n'est pas non plus les épaules. Ni l'extérieure enveloppe, fin cuir doué d'une fragrance où s'humanise un parfum de couturier. Ni les jambes qui depuis la terre ferme (sa naturelle parente) jamais n'ont manqué d'indiquer à mon désir la direction certaine. Ni la voix qui voltige et broie sur l'appui des molécules d'air, sans répit donnant lieu à la raison, à la drôlerie, à l'enfantillage ou à la divagation. Vingt ans presque ont passé depuis que s'est ourdi ce lien, qui tient le ciel ouvert au-dessus de moi, sans l'empêcher parfois de s'assombrir avant un radieux renouveau. Ce lien élémentaire, je ne le nommerai pas.

POUR SALUER LA NAISSANCE DE SIBYLLE[1]

Donner la vie *dit-elle* est drôle

Ouverte comme une grande huître
Dans le moment du flux
La perle de mon ventre
Bâillait à tous les courants
Et par telle sanglante issue
La chétive est sortie des eaux,

À l'étrange air elle a surgi
Pour savoir la terre et le feu,

Le soleil était dans le lion,

La lune avait seize jours.

(24 juillet 1967)

AY CARRETERO

L'innocent charretier mandiargues
A fourvoyé le courtgon[1]
Du côté des littératures,

N'ayez gens aucune inquiétude
Le gon prochain s'en tirera.

GIPSY QUEEN[1]

Essai d'interprétation
et d'appropriation d'une figure
d'emblème alchimique

L'homme a versé parfois son feu
À l'ombre d'une amante nue
Parfois le soleil fou s'éclipse
Derrière la froideur de diane
Mais celui qui joue l'or de l'œil
D'une reine enfantine et brune
Celui qui abat sur le drap
L'adorable fée d'égypte
Celui-là qu'un éclat le sacre
De corail ou de nacre blême

Ou bien la marguerite rare
Quand il surgira des grands fonds
Car une chance l'étoila
Comme un verre qu'on revolvérise
Alors qu'à contre-courant il
Passait les lampes et les seuils
Jusqu'à la porte d'élection,

L'adepte s'est détourné
Le livre de sagesse est clos,

Et la coupe du cœur fumant
Est prête à reprendre le large
Dans le chant du vent magnifique.

(La Havane, 12 janvier 1968)

ROSE POUR UNE RÉVOLUTION[1]

« Quand l'extraordinaire devient quotidien
« C'est qu'il y a une Révolution ! »

La splendeur de ces mots de Fidel Castro
Que nous avions lus à La Havane
Les étudiants et le peuple de Paris
L'ont fait refleurir pour notre joie
De la grande République jusqu'au Lion de Denfert
Sous le soleil d'un 13 mai réconcilié,

Que s'ouvre donc et que s'épanouisse
Une rose rouge tellement démesurée
Qu'elle recouvre la France entière
Nous lui vouons notre plus grand amour
Mais nous garderons en mémoire
Que le cœur de l'ardente églantine
Est inséparable du Quartier Latin.

VERS LA QUEUE DU DRAGON

Marteau que la faucille accole
Rouge vulcain dans l'embrassement blanc
De la déesse aréolée de cendre
Le premier feu est celui de la terre
Où luit le mal seigneur en corset de fer
Le second est lunaire qui
Jette la sève aux lèvres de l'homme
Par fruits par grains fallacieux comme
Les seins fardés de la multiple diane,

Les anciens peuples voulaient que le soleil
Pliât sous lui la froide flamme
Que le cuivre s'ouvrît à l'or
Et que cédât le croissant blême
Au viol viril du disque roi,

L'actuelle multitude a châtré le ciel
Si le corps terrestre est un mâle piteux
Englué au baiser du sexe d'hécate
Dans une soumission sans déni,

Ici-dessous l'aérien métro bruit
Non loin des nacres des hôtels borgnes
Mais comme sceaux du pouvoir cornu

Des champignons croissent en ronds dans l'herbe
Qui ont la forme d'un plaisir de femme,

Demain peut-être
La fin de l'être aura leur forme aussi,

Une lune autour d'une autre tournerait.

NOTE

Mythologiquement, le marteau, attribut de Vulcain, outil des forges souterraines, participe du feu terrestre artificiel autant ou plus que du naturel, et c'est à bon droit qu'il est devenu une représentation de l'industrie des hommes. La faucille, croissant, qui représente l'agriculture, fut d'abord un symbole lunaire. Elle n'est pas moins liée à Isis qu'à Diane et qu'à Hécate, la Diane infernale. Par ces considérations l'on aperçoit aisément que le couple du marteau et de la faucille est la figure symbolique essentielle de l'époque contemporaine, et que les sociétés dites capitalistes sont placées sous son signe autant que les sociétés dites socialistes qui l'ont choisie pour emblème.

Il paraît bien, en effet, que le plus notable caractère de l'époque moderne soit le rapide appauvrissement de l'importance accordée au feu solaire, principe céleste viril qui tenait la première place dans les religions anciennes, qui lui soumettaient généralement le feu lunaire à titre d'épouse et de reflet. Ce couple, qui domina longtemps la vie des anciens peuples, n'est plus reconnu aujourd'hui que par des tribus primitives; ailleurs il est remplacé par celui du feu terrestre (industriel) et de l'éclat lunaire qui, c'est connu, correspond astralement au sexe féminin, dont la royauté, signifiée par la mode, est la grande nouveauté d'à présent.

Le champignon, auquel les civilisations modernes, après plusieurs anciennes, donnent tant d'intérêt, est avec quelques plantes parasites l'un des rares végétaux qui traditionnellement ont toujours été liés moins au soleil qu'à la lune. Quant au feu (ou à la désintégration) atomique, il (ou elle) appartient sans nul doute au règne d'Hécate.

Jacinthes

JACINTHE I

Que le vert aboutisse au blanc de cire blanche
Comme au terme floral de ce funèbre plant
C'est en réponse au cierge à l'encens au linceul
À la pleureuse à l'orgue à l'éteignoir d'argent
Jeté sur toute jeune volupté des hanches
Jadis et sur l'émoi de toute croupe grasse,

Demain diminueront des rites excessifs
Mais le trouble parfum longtemps d'une jacinthe
Ras de terre ouvrira le sexe des amantes.

(Mouton, 30 décembre 1965)

JACINTHE II

Sur un lit de terre grasse
Une noyée verte et blanche
Ouvre une floraison blanche
Au-dessus de la tige grasse
Et même au-dessous de la taille,

Ce qui fait qu'on la distingue
De la plante nommée jacinthe
Qui n'a de parfum qu'à la tête,

Ont dit ceux qui l'effeuillèrent.

(Mouton, 30 décembre 1965)

JACINTHE III

De la jacinthe blanche
Grasse comme un serpent le parfum siffle
Et d'anciens souvenirs font un bruit d'osselets,

Le cœur s'empêtre,

Peut-être il vaudrait mieux user du noir tunnel
Où va métro la balle de revolver
Peut-être.

(Mouton, 30 décembre 1965)

JACINTHE IV

Un jour cela basculera au-dedans
Avec un tournoiement de feuille et de fusée
Un jour le souvenir de l'ancienne jacinthe
Roulera dans le roulis de tout
Avec le poids de l'odeur et du remords
Un jour le jour vert se lèvera
Comme chez madame Déjanira
S'élevait un vert velours au-dessus
De la nudité d'une fleur futile
Plus blanche d'être ainsi que de cire
Et plus jeune d'être horizontale,

La fleur ultime du plaisir
Sise à la pointe de la plainte
Passera toute jacinthe
Par blanc sublime et brillant gras.

(Mouton, 31 décembre 1965)

JACINTHE V[1]

Sérail de jacinthe et de funèbre veille
Crâne éclatant atout
Blanc fou
Poussé au seuil de la fleur svelte et grasse
Le sultan a joué
Le parfum se dévoile,

La défaite aux grands attraits de cire
Les dessous de la couleur verte,

Un printemps s'abat sur
Toi
Qui répondais aux invites du suaire.

(Mouton, 1er janvier 1966)

JACINTHE VI

Terrible est le nom de jacinthe
Que je vois imprimé dans un livre noir
En caractères plus blancs que les mouettes
Qui traçaient une signature illisible
Sous le courroux du ciel d'orage,

Et la marge de la mer sombre était claire,

Terrible est la funèbre fleur
Qui répand une odeur de fille épanouie
Dans la nuit de la chambre turque,

Terrible est le vert que je sais
Entre le vase au bord d'argent
Le noir brun du terreau
Et le blanc de la grappe grasse,

Terrible est la jouissance
De la jeune mort qui serre les dents
Pendant le déchirement de l'éclair.

(Mouton, 2 janvier 1966)

JACINTHE VII

Surgie d'un ombilic terreux
Comme du mitan des ans de l'homme
Une tige grasse atteint
Dans un effeuillement de putain
Le point opulent qui détient
La funèbre beauté blanche,

Aimée sous le nom de jacinthe.

(Paris, 19 janvier 1966)

JACINTHE VIII

Fleurisse une jacinthe
Où je sais qu'a joui
Une fille adorable,

Frémisse comme un lit
La pierre mortuaire
Où le printemps se mire,

Tombe à genoux un cerf
Devant le ventre ouvert
D'où le parfum s'exalte,

Le rêve aille à rebours
De la nuit au grand jour
À la sève de celle

Qui est chair sublimée
Semence volcanique
Et céleste peyotl !

(Paris, 30 janvier 1966)

JACINTHE IX

Soumis à l'ordre mémorial
Ici ailleurs ou là
Je suis exact,

Le parfum offensif
Armait la tige verte
La fleur grasse enflait sa gorge
À proximité de ma tempe
Sous le dais de la vierge Ursule,

Figues écartées cent fleurettes
Au jardin des cent jugements
Dressaient la tour de porcelaine,

Sans pardon sont les souvenirs
Qui dans leur lucarne épanouissent
Les beaux supplices ottomans,

Dans l'ombre où j'étais là j'ai vu
La raie blanche d'un avion jet
Trancher le bleu du ciel en deux,

Sillage du sabre
J'ai vu souffrir le corps céleste,

Ombre ou feu je suis exact
Mais je saurai qu'au fuseau des heures
Celle de la jacinthe est noire.

(Genève, 10 février 1966)

JACINTHE X

Je n'ignore pas que je retrouverai
À deux heures du matin la tour blanche
Qui distillait de son bac d'argent
Une essence de ventre ébloui
Où s'inclinait le songe,

Il est connu que les vautours parsis
S'exaltent au rebours affreux
De ce pourquoi les amants s'agenouillent,

Ainsi la jacinthe est ceinte de crocs
Où se décharnent suavement
Les agneaux de l'amour même,

Et je la planterai sur mon église.

(Paris, 20 février 1966)

JACINTHE XI

Par bassesse de ciel
Démesurément il pleuvait sur les vignes,

Je me rappelle une flambée de cailles,

Les chiens clairs gardaient le musée clos,

Puis aux petites veilles des turbans
Dans la glu de l'odeur j'entendais
Le balbutiement de la terre béante
Le bruit du sexe de la sainte ancienne,

Intouchable comme le souvenir
Lorsque la suppliée se dérobe
Derrière un rideau de langueur,

Lorsque retombe le cantique blanc
Devant les bouches grasses de la jacinthe.

(Paris, 22 février 1966)

JACINTHE XII

Jacinthe que j'eus
En contemplation longue
La leçon fiévreuse est finie,

Tableau noir blanc
De semence survivante,

Savoir est un doigt dans les dents
Du grand crâne involontaire
Qui aveugle les miroirs
Et qui mâche devant moi
Depuis que je suis né
Ce que je veux est voir
Au mépris de la bête osseuse,

Voir dans l'ombre du sablier
Qui emplit et vide ma tête
L'ombre est salubre j'y ris
Je m'y éclaire d'yeux
Ou de halos bénins
Feints sur ailes de papillons
Je m'y poudre à des lokoums beaux
Sucres surgis
Au ciel de telle soie qui s'ouvre,

Ce sablier à taille de guêpe
Fille tronc ma fleur
Dans l'âge et l'espace enfin fixe,

L'arabesque sur le plâtre de la mosquée
Où je fus avant des ans chafouins
Je n'ai pas désiré la lire
Mais aux murs de la chambre turque
Les turbans crachaient de l'encre
Avec des spasmes de pieuvres,

La nuit douce était balayée
Par le phare du parfum sur,

L'oignon enfoui s'épuisait
Pour les folies de la tour de cire,

L'argent qui enfermait la terre
S'étant fait dalle
Scellée des ongles d'une race
Je forge un songe et soulève,

Je casse une clôture
La fatalité de Taxco,

Sous la floraison sépulcrale
Je creuse un couloir puéril
Qui va d'hier à des lendemains
Mes pas là sont bornés par
Des colonnes contournées
Qui sont les cierges du futur
Et des hymnes à rebours
Rythment la procession grave,

Goule serpent ou truic
Cassolette léthale
J'ai retourné comme un sac
Le sexe pâle de la jacinthe,

L'air bas nourrit la haute flamme
Le passé hisse l'aube
Tombeau berceau.

(Paris, 26 février 1966)

JACINTHE XIII

La treizième jacinthe est rose,

N'est-il pas simple de vivre
Au niveau des feuilles
Et du sol public,

Indivisiblement?

(Paris, 28 février 1966)

JACINTHE OMISE

L'eau lourde l'eau légère
Apaisera l'absinthe
En troublant la jacinthe,

Par fait de transparence
Et triomphe du vert.

Chapeaugaga

ovvero

Academic micmac

L'adéca
Cacadé
Mie,

L'acamie
Dé
L'ademie
L'anémie,

L'adécacadécamie
Dé,

Midé
Dédédédé,

Ca,

Camie cacaca
Kamikasé tsé
Mimouche tsé
Frr frr,

Fronce,

Non,

L'amidéca
Mifronce,

Non,

Ca
Déca
Décafronce,

Non,

L'afronceca
Demidé,

Non,

Caminet,

Non,

L'afronceca
Démie
L'afroncecamie
Dé
L'afronce
Démifroncette,

Non,

Froncecul
Non pas
Non non ah,

L'acaçaise
Miçaise ah,

La tronche du king louis seize
Non pas
Pas,

L'acacacacacacaca
Dédémie dédé
Caseize cacahuit
Déquarante
Mie merde,

L'amie cadéseize froncecul oh
Culocul fronce
Raserosette
Oh oh
Oh,

Mimi minon
Non
L'amie française
Oh non oh non pas ça oh
Non,

L'académie française
Voilà oui oui
Voilà oui,

Voilà oui
Voilà oui oui
L'académie française,

La voilà oui et voilà
La légion d'honneur aussi
Le feu rouge et le feu vert

Le grand passage clouté
Salut et sécurité
Des papegais malaquais
Brodés à la française
Par-derrière et par-devant,

Malagaga gagaquai
Malaga dis-tu ma fée
Habit gaga ma perruche
Épée chapeau gaga
Tutu gaga ballet gaga
Enlève ton perroquet
Déplume-toi tais-toi
Déquarante-toi
Ouvre-moi ta perruque
Le vert est noir dans le noir
Tais-toi et viens sur moi,

Qu'on ait chaud !

L'IVRE ŒIL

Sixième cahier de poésie

L'Ivre Œil

Livre œil[1] qui me regarde dire
Miroir qui contient au futur
Les mots qui le constitueront
Quand dans le présent je l'écris

ROSE NOIRE

Rose noire
Rêve d'une flore frappée
D'aversion pour le soleil
Tu dévêts la nuit
Quand un baiser t'effeuille.

(9 novembre 1968)

GENÈSE DÉBONNAIRE[1]

pour Bona
au Seigneur du Bartas et à Raymond Queneau

Ma Peintresse est un Tygre et déchire les hommes
Puis découd leurs petits paltots et cachecœurs
Pour ourdir le portrait merveilleux de son Cœur
Où d'Amour seul rougit l'originelle Pomme,

Le Père en haut de l'Arbre un peu la tête en bas
À la façon du tardigrade paresseux
Ouvre un œil ahuri quand Il voit ma Maytresse
Et le Serpent reluit quand Elle colle et coud,

Tandis le printemps va les limaçons de mai
Montrent au Créateur leurs Sexes biscornus
Pour la récréation de l'Enfance de l'Art,

Tout se désencoquille aux coutures des Toiles
Il faut que cela s'enfle et que cela surgisse
Et que cela jaillisse et qu'Elle soit en Gloire.

(14 avril 1970)

LE MINOUTAURE

pour Enrico Baj

Minobovin et parodique
Sous la dentelle au point lubrique
Il renifle,

Son nez goutte,

Pour l'âge il va
De la bavette au battledress,

Son nez goutte,

Il décline *cornua* les cornes
Il lèche le bout de sa morve
Il gratte un endroit de ses reins
Où il sent déjà par instinct
L'étui en peau de vache
Qui contiendra le pistolet,

Son nez goutte,

C'est en ne mouchant pas les veaux
Que l'on fait les grands généraux.

UNE BAMBINE
DE MILVIA MAGLIONE[1]

Passée présente et à venir
Toujours égale à elle-même
Sans pleurer elle plaît
Elle séduit sans rire,

Le coloris des bonbons anglais
Lui convient comme le fouet
Promis naguère aux filles vertes,

Mais elle s'est vu rougir
Dans le miroir d'une pomme
Que lui proposait la main
De l'artiste qui la peint.

ODELETTE
POUR SALUER MAX ERNST[1]

L'or est un Saturne léger
Parce qu'en lui le Soleil
Rayonne à ternir tous les feux,

Peintre Ernst ô peintre Sérieux
Ta gravité n'est pesante
Pas plus que l'éclat du miroir
Où le reflet de la Nature
Dans un fond d'or vierge baigne
Avec les formes d'une nymphe
Qui pourrait être ta Sœur
Dépouillée de maint droit d'aînesse
Et ton acuité déflore
L'élémentaire intégrité
De celle que l'on nomma
La grande indifférente,

Un Père infiniment petit
S'est perdu en des espaces
Où tu vas avec autant d'aise
Que le bourdon dans les pollens,

Ainsi nul mieux que toi Max Ernst
N'a su dénuder sa Mère
Sa Sœur sa Fille brûlantes
Les belles aux clairs appas
Les heures sages et les folles
Imparfait parfait et présent
D'une saison inouïe,

Deux yeux aux bouts de tes dix doigts
Deux yeux bleus à casser l'azur
Portent ton regard absolu
Bien plus loin que les confins où
La vue commune s'effarouche
Et s'agenouillent les paupières
Des meilleurs sujets des beaux-arts,

Dans ce monde un autre monde
Il n'est pas un peintre au monde
Qui ait aperçu ton monde,

Tu as su l'infra et l'ultra
L'atomique et le planétaire
Quand les savants ne savaient pas,

Par la conjonction des contraires
Par l'inceste philosophique
Tu as ouvert les interdits
Qui scellaient la vue timide
Et tu as surélevé Babel,

Tu connais l'une et l'autre voie
Depuis l'esprit vers la matière
Et à rebours
Et le départ et l'arrivée
Tu les as mis en lumière,

Qui pourrions-nous saluer
Du nom de peintre Universel
Si ce n'était toi d'abord?

(17 novembre 1970)

ENTRE TRENTE-SIX ET VINGT-SIX[1]

à André Masson

Entre la maison où je vis
Au trente-six de la rue
Et le vingt-six où vit Masson
Rouge
Sur la grisaille d'un mur gris
Un peu de peinture a coulé
Dont l'éclat m'a rappelé
L'image de mon ami
Telle que je la porte en moi
Tandis que je rentre chargé
Du pain et du vin des miens
Dans un jour clair de janvier,

Le conseil d'une couleur
Est parfois impératif
Comme un songe collectif
Des neuf mages qu'on dit qui siègent
Sinon sur le toit du monde
Au moins sur un mont pareil
À ce Montserrat où Masson

Entendait une vision
D'œil torve ou de céleste sexe
Qui le sommait d'être témoin
De l'horreur des lendemains,

Que soit nimbé pensé-je
D'une auréole bouddhique
Le visage bourru et doux
De mon ami André Masson
S'il a si bien pris le message
Qu'il avait pouvoir de transmettre
Et s'il a su rejoindre
Le noyau mince des purs
Peintres poètes prophètes
Satyres saints criminels
Philosophes et révoltés
Qui du passé au futur vaste
Est seul moteur d'une comète
Dont la chevelure de sang
N'a pas fini de fouetter
La béatitude du vide,

Comme son labeur et ses jours
Prouvent l'oreille qu'il ouvrit
Au mot clé de violence
Et le regard qu'il tint sur
Le ton rouge ardent et dur
Exemplairement,

Qu'ainsi les miens justifient
L'usage fait de mes sens,

Et le pas qui porte à présent
Le corps qui me contient en
L'étroite rue de Sévigné !

(26 janvier 1974)

LE PLUS LIBRE GRAVEUR[1]

à Joan Miró

Feu d'air ou feu de terre
Feu de feu ou feu d'eau
Le haut feu de Miró
Se fait esprit de sel
Acide ardent fumant
Mâchoire du dieu ivre
Qui va mordre le cuivre
Pour rayonner par l'encre
En signaux d'attraction
En signes volatils
Astres et croissants d'astres
Météores narquois
Ailes qui font du large
Sur la fragile nacre
Effeuillée au Japon
Sur le plus rude Auvergne
Et sur l'Arches poli
Comme un féminin cuir,

Parfois il grave sur le givre
Il invente le regard
Il noie le soleil
Il l'ébouillante,

Parfois il balance l'homme
Il bascule la demoiselle,

Il joue du bugle aux oiseaux,

Il souffle un chant d'amour
Au rossignol effronté,

La bonne pierre aussi
Entre au service de l'incendiaire
La dalle du foyer
La lourde femelle,

Comme si elle repassait
Elle étale bien
Les beaux aplats de couleurs belles,

La grande lingerie des noirs
Des bleus des rouges des roses
Des jaunes et des verts,

Claquant au vent de Majorque,

Un grand pavois d'allégresse
Imposé au blanc de la page
Ainsi qu'au fronton d'un lavoir
Par Miró libre graveur.

(Paris, 5 juin 1974)

À LA MÉMOIRE DE DOMENICO GNOLI[1]

Quand en bleu cristallisait le rose
Quand en rose le bleu
En beige en roux le blanc
Quand la cendre céleste
Renouvelait la neige
Quand le sombre violet
Rayonnait par l'or clair
Et que les terres laissaient poindre
L'émoi tendre d'un parme
Gnoli je sais qu'une joie l'exaltait
Au point de fleur de cette haute tige
Que je me plairai à nommer
L'imagination angélique,

Gnoli qui œuvrait comme une dentellière,

Le peintre Gnoli seul peintre d'à présent
Qui fut riant assez pour revêtir
Les catégories de son simple système
Des couleurs élues par l'innocence
Pour les robes béates des anges
Dans les fresques du suave autrefois,

Gnoli qui peignait comme on peigne
La longue opacité des cheveux sur la nuque
D'une bienaimée en aguichant la mort
Si peindre et peigner ne confondent leurs temps
Qu'à l'imparfait morose et dans le lointain
Incertain mode du subjonctif,

Gnoli qui tenta de faire abri
À son domaine intime de douceur
En opposant aux figures sinistres
D'un ciel rayé comme une patinoire
L'armure des banalités quotidiennes
Trempée au courant froid de son humour,

Les plastrons de ces grandes chemises
Les grands talons brillants de ces souliers
Leurs angles et leurs ombres
Dans un miroir narquois,

Gnoli dont l'ouvrage ultime
Flèche mon œil qui s'abaisse devant
Un gisant sous le couvre-lit brodé
Un corps nu sous le suaire frappé de givre
Pudeur formidable de la fin
Mais déjà se ruait la horde du désastre
Par tous les ajours de la toile tendue
Et le tableau chavire dans l'effroi
D'une blancheur qui est le fond commun
Où les couleurs que l'on savait retournent
À celles que nul peintre ne sait.

(Cortina d'Ampezzo, 21 juillet 1970)

TAIS TA THÈSE[1]

à Maryelle Crété,
auteur d'une thèse sur Hans Bellmer

On rit Elle
Maryelle
Rit aussi
Belle si
Bellmer est
Le sujet
Qu'elle laisse
Qu'on délaisse.

UNE PAIRE D'ALEXANDRINS POUR HANS BELLMER[1]

Je ne déteste pas que les bas dégringolent
Et que l'urine fasse une longue rigole.

PARAPAPILLONNERIES[1]

pour Meret Oppenheim

I

L'enfileuse de Brasilia se nourrit d'ombres blanches qu'elle pique en haut du bleu du ciel. Un petit macumba gris l'attend sur la branche pour lui refiler un coup de ses cornes d'abondance. Bonne chance !

II

Né d'un cocon-cercueil, le sphinx des cyprès bat l'air du soir à grands coups de planches et vole au plus vite vers l'île des morts.

III

La psyché, amie des hommes, attend le mâle au mur de la cuisine. Velue, aptère, elle s'est fabriqué des ailerons avec des morceaux de torchons et elle bourdonne au-dessus du cochon dont le jus de cuisson fume dans le pochon.

IV

Le grand liparide, dit cul d'argent, a les ailes et le corps bleus avec du sang dans les trous d'aération. Il se pose au poil des roches et les marins le redoutent comme un annonciateur de catastrophes.

V

La mite doucereuse et la rosamonde fière sont en cure de rééducation pour être ramenées à l'état de chenilles, car le comité central de la papillonnerie a décrété que les ailes ne portent qu'à la mort et que les vifs lépidoptères s'en passeront désormais.

VI

La teigne de l'étendard possède une sorte de dard dont elle se sert pour gonfler la patrie à l'image d'une vessie. Le teigneux, son mâle, fut jaloux. Ce qui advint, demandez-le aux loups.

ODE À LJUBA[1]

La rumeur des sensations bleues
Battait à Vrnik et alentour
Répulsion au plein d'indigo
Vacarme optique où le tambour azur
Tendu aux pointes des quatre vents
Qui jouaient là leur jeu de quatre fous
Allait rompre sa céleste peau d'âne
Pour laisser choir un noir clair comme le noir
Du cataclysme de la création peut-être
Mais aujourd'hui
Mardi vingt-quatre août mil neuf cent soixante-seize
Ni le saphir minéral de la mer
Ni l'aigue marine des nappes aériennes
Ne sont dans mon souvenir comme y sont
Les fonds immémoriaux de tout ce qui m'est cher
Les fondations d'une tendresse inexorable
Les fondements de ma cave d'adoration
Lieu de réclusion où je me situe
Envers et contre tout et tant mieux
Si ma petite raison s'y détourne
Et chavire sa coque
Si je m'entrouvre m'éparpille m'irise
Comme à l'étale d'un flux de morte eau

La trame d'une toile emblématique
Suscitée par la main de Ljuba,

Le naufrage de l'eau
Sous d'autres eaux plus fluides
Que l'eau lourde où flottent nos mots frêles
Quand ils vont à vau-l'eau de la voix
Et que les syllabes atomes
Divorcent tourbillonnent
Prennent un voile de séparation
Dans un ordre de désunion
Sous une règle de contradiction
Où la rouille est rongée par le fer
Quoiqu'elle ait la dureté du diamant
Où les anges du jour se dissolvent
Dans la sainteté trouble de la nuit
Où la face du souverain soleil
Se défait sous une fausse face
À figure de lune rousse
Où le pourpre couchant
Monte à l'orient du matin glauque
Tel naufrage essentiel au ciel qui domine
Le plancher des bœufs que nous sommes
Qui l'a peint ou quel peintre le peindrait
Excepté celui que j'ai pris en examen
Et qui enflamme la houille de mon site
Ljuba le clair-obscur ?

Kara Ljuba le noir
Mandorle des cheveux et de la barbe courte
Visage qui persiste
En nous quand nous fermons les yeux
À la façon dont persistent tous ceux
De Poe de Baudelaire ou de Garibaldi

De Nietzsche ou de Lénine
Du Che ou de Castro
Figure dont il me plaît d'affronter l'image
À une pierre qui grimace devant moi
Logée parmi mes livres
Et que j'ai ramassée à Vrnik
Le lendemain je crois
De la nuit du sept au huit août dernier
Où je rêvai que j'avais trois couilles
Et me dressais glorieux comme peint par Ljuba,

Pierre à face de gnome
Dont j'entendis comme un vœu lapidaire
L'injonction d'être nommée du nom
Du roi Melchisédech
Et consacrée à célébrer Ljuba,

Salem qu'évoque ici ma pierre
Royaume où baignent fabuleusement
Dans les vapeurs de cent bûchers de sorcières
Cent grands tableaux où l'œil divague
Sur la chair tant aimable que le feu tord
Et boursoufle la braise
Quelle âme de démon attisait là
L'enclume aux monstrueux hybrides
Sinon cet étrange air qui inspire Ljuba ?

Et voilà que j'épie
Une flûte dresser l'échelle
Où des vipères danseraient
Roses vertes blanches brunes
Brusques bulles qui darderaient
Les langues de la pentecôte

Sur le voyeur que je suis
Tout ébloui de brûler
À l'unisson du venin
Sécrété par la musique
Où s'incarnent les couleurs,

Car l'œil de Ljuba si je l'emprunte
Ce n'est qu'en suite d'un signal
Fanal ou sceau dont est radieux son art
Comme pour épouser mieux un plan
Qui est l'incarnation systématique
Des quatre paravents élémentaires
Dressés par l'affolement des sens
Cinq clowns blancs prompts à rallier
L'effroi frappé dans la stellaire absinthe
Le gel muet où vont les météores
La stérilité du vieux vide
La mélancolie qui renaît en sa fin
Devant l'absence absolue de présence,

Terre eau air feu la furieuse main
De Ljuba les force à l'incarnation
Fait bourgeonner sur eux la chair subie
Ainsi qu'une occupation étrangère
Les greffe afin de leur imposer
La luxuriance de l'anthropomorphisme
Et ne dévaste que pour les repeupler
Le feu l'air l'eau et la terre en décombres,

Mouche-toi vis meurs
Si c'est là l'ordre naturel
Soufflé à chaque nouveau-né
Le peintre Ljuba le retourne en sorte

Que meure la mort qui ne peut se moucher
Non plus que mettre des lunettes
Puisque le nez lui manque,

Ce dont se fût réjoui Leopardi
Sous le soleil aveugle de Ljuba
Crâne créateur
N'est-ce pas ?

D'où surgit le regard que j'emprunte
Serpent qui brille à l'ouïe de la femme
Et lui boucle l'oreille,

Puis le ciel rouge de la planète Mars
Témoin des intuitions de Ljuba
Et le ciel vert de la verte Vénus
Preuve du prisme de ses déductions
Et le ciel souvent bleu de la terre
Indulgent aux faussetés de ses Èves
Blondes d'un blond de trompe-l'œil
Et le ciel noir du spatial miroir
Où fourmillent autant de monstres célestes
Que montre de tons sa palette
Est-il là rien qui ne soit le sien propre
Pensé-je à Vrnik
Tandis que je tentais de lire
Une écriture de goélands
Sur le ciel anuité par un soudain noroît,

Pleine de révélations et de mystères
Ni plus ni moins que l'alchimie des touches
Qui accordent la démence avec la conscience

À l'aurore des noces d'art et de science
Celles où le pinceau du peintre
Et le pistil d'une lumière feue
Et l'ombre d'un sexe hermaphrodite
Sur des draps de pressentiments défaits
Dansent une copulation trinitaire
Renaissance ou fossile d'un avenir,

Pierre encore
Sous de multiples strates
Le fourneau d'élaboration
La géode où s'affinent les images
Qui par loi de Ljuba illuminent nos nuits
C'est sa tête et ce sont les nôtres aussi
Petites planètes parfois figurées
Ou dépourvues de traits
Sphères à naître ou mortes
Boulier de bourreau
Jeu d'un dieu
Point lare,

Au tribunal de la dénudation
Dressé partout d'ordre du peintre
C'est le voyeur qui va se voir conduit
Vers une sévère ordalie de fleurs
Où tel vieillard effeuillé jusqu'à l'os
S'attache à l'arbre de la blanche déesse
Qui lança des chiens aux trousses du roi cerf
C'est lui qui prêtera sa veine ouverte
Au soufre au sel et au liquide argent
Définisseurs de l'altière Sodome
Pour tant que durera l'éternité,

Des Huns dans Rome ou des chiens parmi nous
Les souvenirs sont plus faux que le fard
Qui plâtre les manuels scolaires
Et les seuls monuments de la trompeuse histoire
Cristaux de la face inconnue de la pierre
Où se sont mirés nos jours tristes ou clairs
Demeurent ces éclats remémorés
Gemmes mythes durs qui furent sertis
Aux parois des grandes bibliothèques
Comme aux pages des grands catalogues
Du très puissant imaginaire,

L'empereur Rodolphe s'il revenait
S'il regagnait le trône androgyne
Mué du Tivoli d'Hadrien au Hradschin
Sous le sceptre d'un ésotérisme fou
Je sais qu'il trouverait l'imagier idéal
En la personne de Ljuba,

Maître dans le présent
Du maniérisme d'hier et de demain,

Peintre Ljuba que la peinture espérait
Après tant de disette
Je m'émeus au fil de ton œuvre
Ou si c'est son courant qui me meut
Je ne sais pas mais j'en sais
Assez pour me réjouir que tu me sois si proche !

UNE PUISSANCE

Une puissance considère un œuf
Sculpté dans une pierre blanche
Et poli par la main d'un homme

La puissance considère et sourit
La puissance se réjouit de savoir
Que nulle vie ne pourra sortir
De ce qui n'est qu'un objet d'art,

Une forme d'inexistence
Jetée à la nuit du temps.

(Paris, 25 décembre 1972)

BIEN ENTENDU[1]

pour Aragon à Céret

Quel nom saurais-je sinon
Celui si fier d'Aragon
Qui batte au rythme du cœur
La pulsation du sang même
Porteur de la couleur pure,
Et du violent oxygène
En tous les points du macrocosme
Où décline la tension
Et va l'amour à vau-l'eau
Des monts de vie aux marais,

Ce nom qui a l'énergie
Du saumon qui remonte à
Contre-courant pour ses noces
Il m'a exalté longtemps
Puis s'est incarné un soir
Dans la source de l'œil bleu
Sous l'enneigement du front
Quand une main accueillante
A pris la mienne tendue,

Et sa signification
Fléchée à la verticale
Je crois l'entendre assez bien
En écrivant simplement
Que la direction qu'il montre
Est à l'opposé de toutes
Celles qui vont vers la mort.

EN SOUVENIR D'ELSA TRIOLET[1]

Contrepoids de la pesanteur
Un regard pur de tout nuage
Envoyait en l'air une ville
Un monde intolérable,

L'intelligence illumine
À proportion qu'elle brûle
Suivant le trait ascendant
De l'esprit révolutionnaire
Qui est la forme impersonnelle
Du flambant feu de l'amour
Où la femme est soudée à l'homme,

Exemplaire de mes paroles
Est un nom vrillé en nous
Par une ardente spirale
Ce nom que vous pourriez penser
De cristal de fleur ou d'oiseau
De rose ou de rossignol
Le beau nom d'Elsa Triolet,

À la source qui s'est tue
Les peuples ne cesseront pas
De suivre une claire voix
Qui avait surgi au point
Où se lèvent les soleils
Et dont le sillage ou l'écho
Serviront de guide encore
À tous ceux qui comme nous
N'ont pas besoin d'être mages
Pour entendre la vive étoile
Qui monte à l'orient de leur cœur.

(1970)

DE JEAN FOLLAIN[1]

De Jean Follain que j'aimais,

Je me suis demandé souvent
Comment le simple langage
Ému à peine au toucher
D'un impalpable doigté
Sur le plus pur clavier
S'enfiévrait d'une ardeur étrange
L'appréhension poétique ?

Quelle crainte était-ce là
Qui glissait sous quelles eaux
Reflet de quelle ambiguïté
Ou quelle soif ou quels désirs
Hameçons en quelles ombres
À l'espoir de quoi jetés ?

Entre l'encre et le papier
Pourquoi le temps échappait-il
À toute inscription tenace
Si le songe du futur

Suivait les traces du passé
Depuis les siècles à dagues
Ou ceux à pointes d'obsidienne
Jusqu'aux intimités d'hier
Et si la mort incomparable
Filtrait sous l'actualité claire
En formidable stalactite
De sperme solidifié ?

Follain qui se fiait aux chiens
Lui que les chats tant effrayaient
Quel rendez-vous avait-il
Quelle assignation de sang
Au point où fut l'échafaud
Place de la Révolution ?

Son fantôme dernier fut-il
La femme au collier de velours ?

(26 mars 1971)

LE DIT DE JEAN FOLLAIN[1]

Les mots d'un tout simple poème
Le poème de Jean Follain
Tombés en sainte simplicité
D'un langage commun comme une main
Sur les sillons de la terre banale
Ouvrent au ras de celle-là
Une fleur mystérieuse
D'où le sang parfois dégoutte
Avec une humble cruauté
Et si le parfum peu s'en distingue
De l'odeur du pain quotidien
Ce n'est qu'afin de cacher un philtre
Essence de mort bénévole
Qui jettera sur toi lecteur
Une sorte de triste bonheur
Quand tu te seras laissé prendre
À lire le dit du poète
Comme je te souhaite de faire
Et comme je fis si souvent
Que j'en reste enchanté moi-même
Ce dont je rends grâce ici
À un juge inquiétant et pur
Qui fut peut-être mon ami.

(1er septembre 1978)

COULEURS DU SPECTRE[1]

à la mémoire de Gualtieri di San Lazzaro

Les couleurs du spectre
Comme on dit avec suavité
De celles dont se farde
Le fantôme des arts
Sont une illusion de l'œil,

Notre ami San Lazzaro
En avait suffisamment vu
Depuis cinquante ans qu'il les mettait en page
Pour savoir que leur commune mesure
N'est autre que le noir illimité
Qui est la justification du blanc
Comme la mort est celle de la vie
Selon le mythe et la typographie,

Ainsi par humour admirable
C'est de blanc pur qu'il vêtait son corps
En mémoire d'un présent dont le futur
Allait être de rentrer dans le passé

Comme parfois le positif
Retourne au négatif
Ou l'image à l'objet ou la feuille au bourgeon
Dans un coup froid de vent d'automne
Qui jette partout les épreuves
Et des miroirs dans les sous-bois
Où les vivants se prennent,

L'amitié seule avait cours dans les veines
De ce beau musée souriant
Qu'il avait fait de sa personne,

Mais les miroirs quand ils se referment
Ont des dents d'éclats qui déchirent
Toute amitié toute bonté
Tout sourire et l'humour même,

Au jour gris d'aujourd'hui
Notre tristesse est blanche et noire
Comme fut la nuit qui vint
Il y aura bientôt cent vingt années
Dans une rue qui n'est plus
Et que ne peuplait qu'un corbeau
Criant qu'il avait soif
Sur des marches enneigées
Dont l'ultime aboutissait
À la rue de la Tuerie.

(Paris, 27 septembre 1974)

LE LIÈVRE DE LA LUNE[1]

Lièvre sexe fossile
Inclus dans le miroir
Qui renvoyait aux eaux la perle
À la femme le fou rêve de l'homme
Et la folie de la femme à la nuit
Tu descendras vers la terre peuplée
Par l'énorme vie où je suis contenu,

Lièvre dont les menus pieds gris
Dévidaient le songe de celle
Qui dort près de moi dans une chambre vaste
Où l'on n'accède qu'en passant un pont
Dit parfois de la Madeleine
Lièvre dont faisait le trot prudent
Battre son terrible cœur comme battent
Les ailes bleues de ses paupières
Tu vas quitter cet unique sein d'ambre
Au fond duquel un œil indien discerne
Ta silhouette de phalle impudique
Raidie en la primordiale gemme,

Tu bondiras après l'impact poudreux
Tandis que par le geste altier d'Onan
Sera consacré le viol catastrophique
De ce corps froid qui fut Diane elle-même
Puis sous l'espèce de parachuté priape
Tu descendras les spirales du ciel
Pour t'asseoir à la gauche du Roi du monde
Dans le cercle angélique et bestial,

Tu connaîtras l'iguane et la tortue
Dont la copulation balance l'univers
Depuis l'effroi des temps impénitents
Où l'homme était l'espoir de la mort peut-être,

Et par sodomie magistrale
Tu rompras le sceau des sépulcres grand lièvre.

(Venise, 23 juillet 1969)

SOU DE CUIVRE

L’on sait qu’aux miroirs de Venise
Avec les ans l’argent noircit
Mais dans le tain du présent où
Le passé se démonétise
Quand tu viens dans ma rêverie
Je te vois sous la forme d’un
Sou de cuivre frotté par un vieux nègre,

Je serai ce nègre qui frotte
Je t’astiquerai bien
Je te ferai reluire
Sou de cuivre,

Tu lanceras ton grand éclat
Par l’effet d’un peu de crachat
Sous la brosse et sous le chiffon
Sou de cuivre,

Pile et face tu brilleras
Sou de cuivre
Offert au dur feu du soleil
Ou au clair tendre de la lune.

RECUERDOS FLAMENCOS
OU
LA BELLE POUILLEUSE

Ce sera pendant le sommeil
Qu'ivres du sang de son beau corps
Les nobles poux du Sacro Monte
Remonteront tout au long d'elle
Pour s'étoiler dans ses sourcils
Comme des crabes minuscules,

Puis elle ira sous les lumières
Pour montrer aux femmes jalouses
L'impur ornement de son front
Au-dessus de ses yeux qui furent
Miroirs pour les yeux des gitans
Cils à cils en l'intime émoi.

MAXIMILIEN D'AUTRICHE

Grand sadisme mexicain
Fauteuil-pal où trôna bien
Le majestueux masochisme
De Maximilien d'Autriche

VAISSELLE PLATE

Que mange le ricombre en vaisselle d'argent
Qu'il mange le piment de la sauce commune
Qu'il se mange soi-même au miroir de l'assiette
Et ne laisse de lui qu'une platée de dents
Que l'on déversera dans la fosse à la carte !

(Venise, 18 juillet 1969)

CURÉE

Le hêtre le plus pourpre est à sa place au lieu
Où la bête que j'aime est prête à la curée,

Si la meute s'exalte avant d'être ruée.

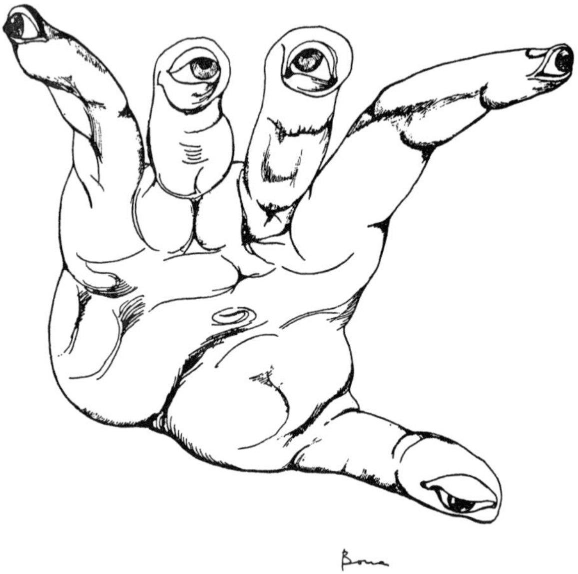

RÊVERIE

Rêveusement je me retrouve en tant de chambres
Où la peau se plaisait à me boucher les yeux,

Et je n'y voyais plus qu'à ceux du bout des doigts
Que pour m'aveugler mieux me dessinait Bona.

(21 octobre 1978)

AURORE BIMILLÉNAIRE

Croyants à la couleur d'hier
Bleuets blanchis
Sous le ciel qui s'obscurcit
Verrez-vous l'aube irisée
L'aurore de l'an deux mille ?

CELA S'INSINUE[1]

à Olivier Perrelet

Sous le bruit j'entends un bruit
Qui est plus menu que le bruit
Comme si
C'était là femelle de bruit,

J'entends un bruit au bruit de fille
Qui vient dans l'obscur à tâtons
Sous le silence et sous le gong
Un bruit qui vient va et revient
Qui se dépouille de vestiges
Qui s'insinue et qui insiste
Et doucereusement serpente
Froid vif et lisse,

À gauche du gong et du feutre
C'est un écho de nudité
Qui mâche une phrase plaintive :
Les hommes ruisselaient sur moi

Tu m'as placée au cœur d'un arbre
Que nul n'écorcera jamais,

À droite un autre écho dit que
L'eau nourrit la couleur verte
Qui n'est qu'un faux semblant du noir,

Puis les mots et les bruits tombent
Sous le sceau d'une tache d'encre
Écoutée de blancheurs immenses.

(6 janvier 1971)

BÛCHERON DES SOLITUDES

à Bernard Noël

Bûcheron des solitudes
Le nègre de la forêt souabe
A quitté son gant rouge unique
Pour s'accorder un plaisir,

Dans le cercle spacieux
D'une clairière enneigée
Ses doigts noirs ont modelé
Une fille de neige
Deux fois plus grande que nature
Et nue totalement
Comme si l'avait effeuillée
Le pur froid de janvier,

Ogresse horrible de clarté
Que l'on ne pourrait sans peur voir
Dressée par levain boréal
Aussi haut qu'un jeune sapin,

Et qu'on n'aurait osé non plus
Écouter en confidence
Si ses lèvres supérieures
Tenaient avec celles d'en bas
Le conciliabule obscène
Que parfois la froidure impose
Au bâillement des orifices,

Debout devant les cuisses vastes
Le bûcheron leur inflige
La brûlure d'un jet sublime
Qui les fera fondre un peu
Au coin de l'enfantillage
Et du sorbet de citron,

Vexation juvénile
Que perpétuera le gel
Jusqu'au retour du soleil
Dont l'ardeur initiale
Aura l'effet magistral
D'allumer une infamie rose
Sous le glacial azur.

LES MAILLES DE TES MOTS

à Bona

La langue est lucide et dure
Les mailles de tes mots
Font un filet innombrable
Que tu jettes sur ta statue
Pour la lester d'argent peut-être
Quand elle penche au-dessus
D'une eau que nulle ligne
Ne sonda jamais jusqu'aux fonds
Où les grands brochets dorment,

Mais je vois un petit sourire
Flotter sur la pierre tiède
Au coin de tes lèvres ouvertes.

POISSON DE MON AMOUR[1]

à Bona

Les images du soleil
Multipliées sur ton lit
Par les trous menus du store
Sont mille et une écailles d'or
Sur la nudité nacrée
Du poisson de mon amour.

(Cortina d'Ampezzo,
24 juillet 1970)

À BONA

Porque sabes
Que siempre te he querido,

Comme il se chantait dans les tangos d'un temps
Que j'ai connu sans toi
Mais où je t'attendais
Sans te connaître encore
Comme toujours je t'attendrai
Pour te connaître toujours mieux,

Porque siempre te he querido.

(18 février 1971)

GRANDE ROUTE[1]

à Bona

Les croix de carrefours
Les bornes de distance
Ne sont qu'obstacles à l'amour,

J'ignore les raccourcis,

J'allongerai la grande route
Devant les petits pieds qui portent
Le monument que je préfère.

(Cortina d'Ampezzo, 7 août 1971)

HIRAIGNÉE

L'aronde n'est pas l'aragne
Quoique dans l'air son vol tisse
Une toile semble-t-il
Et qu'elle se paisse de mouches,

Mais son cri clair est celui
De la gaieté d'une fille
Qui découvre le vif objet
Qui fera d'elle une femme.

(Cortina d'Ampezzo, 6 août 1971)

DEUX TABLEAUX

à Georges Lambrichs

LE MARTYRE DE SAINTE LUCIE

de Domenico Veneziano

Il est si simple de tuer
Que le buisson frémit à peine
Lorsque la fille s'agenouille
Pour offrir avec plus d'aisance
Sa nuque au couteau du garçon.

(Venise, 10 septembre 1971)

VÉNUS ENDORMIE

de Paris Bordone

Le drap de lit qui découvre
Une fille au fond d'un bois
Est pourpre inévitablement
Comme celui de toute aimée
Dont l'amant rêve de poignard.

(Venise, 25 septembre 1971)

ÊTES-VOUS CE QUE VOUS FAITES?[1]

(Enquête de la revue Mise en Page*)*

Si je suis ce que je fais
Mon fait est un autre moi
Et quelle glace sans tain
Trouverai-je en quel boxon
Promu maison d'édition
Qui sépare ce voyeur
Que vous voulez que je sois
Des jeux de son anticorps
Actif et passif assez
Pour qu'un inceste essentiel
Au moment de la rupture
Du miroir réduit à rien
Casse le tout et moi-même ?

FEMME FUSÉE

Flamme t'exaltes-tu
Les plumes de ton envolée
N'émouvront nulle cendre,

Mais si s'embrase ta nacre
Entre le corail et la touffe
Je poserai au point focal
De là où le plaisir bouillonne
Un galet poli comme toi
Par des remous de baisers,

Pour le faste et pour l'abondance
Pour le lest que tu jetteras
Femme fusée ma fleur
Quand tu t'enverras dans les verts
Bien plus tiens que le bleu d'en haut.

(17 mai 1972)

LEUR DÉCLIN

Des populations s'agenouillent
Devant un estoc innombrable
Sur le sable infiniment rouge
Qui voile un ossuaire sans fond,

Le ciel est noir plus qu'on le vit
Au fort des plus forts orages
Quoique le temps soit si beau
Que l'on dirait qu'il resplendit,

En vérité je crois
Que le poète n'est pas né
Pour bander les yeux des niais
Qui présument d'être innocents,

Ni pour bercer de chansons roses
Leur déclin qui justement
Aura la fin de celui
Des épis que l'or alourdit.

(28 avril 1972)

ENTRE DEUX MIROIRS[1]

Situés vers le milieu
D'entre deux miroirs blêmes
Toi et moi nous n'aurons vécu
Que pour empêcher le néant
De naître et de se confirmer
Dans une horreur à sa mesure,

Ma chute et la tienne
Renverseront les miroirs.

(2 mai 1972)

OCTOBRE I

à José-Luis Cuevas

La sève se dérobe aux sollicitations
Du grand principe roux où l'automne s'exalte
La main du marronnier se crispe et l'enfant pleure
Qui s'est reconnu sous le cuir ratatiné
De la vieille hagarde et blanche
Haineuse échevelée édentée insultante
Tandis que le baiser des amants généreux
Est le creuset où l'or du jardin resplendit.

OCTOBRE II[1]

à Homero Aridjis

Octobre est imprimé aussi
Sur le ruban du béret
Des marins du croiseur Aurore
Et le pont de la Néva
Ne cesse plus de s'ouvrir
De se clore et de se rouvrir
Devant un sabre de safran
Qui éventre un passé noir.

ALYSCAMPS[1]

Il y eut des pas sur le sable
Qui conduisaient à des pieds nus,

Ses yeux et l'eau étaient si clairs
Que le fond de tout paraissait,

Les vêtements et les mensonges
Avaient été démis du songe,

N'eût-elle relâché les doigts
Lui eût-il mieux tenu la main,

Tous deux auraient dormi mille ans
Dans un tombeau des Alyscamps.

QUELQUES MOTS ASSEMBLÉS EN NAGEANT

Dans la nuit un peu brouillée
D'avant la nouvelle lune
L'unique étoile au ciel est
La verte Vénus qui luit
Avec le charme sournois
D'une petite émeraude
Derrière un voile de gaze,

Mais la Grande Ourse bientôt
Reviendra fasciner là-haut
Un courant d'astres pèlerins
Au chemin de la Voie Lactée
Que je ne contemple jamais
Sans rêver à un corps très clair,

Et je crois avoir remarqué
Que les mains des femmes qui sculptent
Ont sur les amants un attrait
Pareil à celui des flambeaux
Sur les poissons qui se font prendre
Pendant les pêches à la lampe.

UNQUIET GRAVE[1]

Que la cendre du poète
En une nuit de tempête
Soit jetée au froid des flots
Comme il fut fait par les Juifs
De celle de l'un des pires
De leurs bourreaux reconnus
Si la tombe la plus juste
Dans notre univers relatif
Est un sépulcre mouvant.

(15 mai 1972)

POUVOIR POÉTIQUE

Parviendrais-tu à retirer
Ta mort de ton futur flou
Pour l'inscrire avec éclat
Au plus bas fond de ton passé
Alors tu ne mourrais plus
Poète et ton clair présent
Persisterait dans le temps même
Où le temps désintégré
Se fera le grand miroir
De la fin de l'éternel.

(24 novembre 1971)

ÉCLIPSE[1]

à Gérard Macé

Le douzième coup de midi
Résonne et le reflet
D'une clarté qui s'est tue
Vient étoiler le miroir
Présenté par la reine blanche
Aux lèvres exsangues du roi roux
Qui lui cède préséance
Le temps qu'il reçoive d'elle
L'hommage fulgurant et bref
D'un stylet d'argent dans le cœur.

(8 mai 1972)

L'AMER ISTHME[1]

Je me souviens que j'allais
J'allais sur l'amer isthme
À pas lents violents j'allais
Comme un qui eût fauché des têtes
De captifs enfouis jusqu'au col
Et qui eût été propulsé
Par le contrecoup de son bras
Mais les choses derrière moi
Régulièrement qui roulaient
Vers l'un puis vers l'autre rivage
Si elles avaient un visage
J'aurais gagé que ce n'était que le mien,

Là le sol était de galets bleus
Ainsi que la ponte démesurée
D'un peuple d'oiseaux aimés par des géants
Or je savais que sans répit j'irais
Dirigé par le plein de la forme ovoïde
Par le vide du temps remis à son début
Par un lointain cruel de lin en fleur,

Automatique et délicat bourreau
De moi-même il m'était signifié
Que j'allais que désormais j'irais
Par le chemin de la ponte céleste
Entre deux déferlements noirs
Si des vagues de boue se brisaient
Hautement en panaches de suie
Si la boue sur l'azur des galets
Traçait une funèbre dentelle
Précieuse à raison de la mort de l'amour,

Je découvrais hors de la boue des plots
Qui avaient un étrange air de seins de cire
Ou de rondaches en beau sucre rose
Et chaque plot portait au point milieu
Un commutateur qui semblait façonné
De porcelaine et puis d'or ou de cuivre,

Plus loin se rétrécissait l'isthme
Aux dimensions d'un rail ou d'une lame
Sabre bleu qui tranchait le noir flot
Les plots ah si j'avais pu les atteindre
Les commutateurs si j'avais pu les tourner !

Noirs des albatros volaient presque invisibles
Dans le ciel noir ainsi que leur plumage
Leurs cris faisaient un concert de voix blanches
Où je pensais entendre l'infâme écho
Du piaulement des chérubins dans le bordel
Lors de la castration angélique,

Que la boue nauséabonde fût docile
À l'attraction d'un neuf reluit de brune
Si je voyais baisser le niveau tout au long
Du cailloutis quasiment turquoise
Je n'en avais surprise aucune mais
Je connaissais qu'au jusant proche
Toujours les plots seraient hors de portée
Toujours interdits les commutateurs
Et je flairais une odeur de rat
Comme les gouffres dit-on l'exhalèrent
Autour de l'autel où fut rivé
Par le marteau des supérieurs ignobles
Le donateur de l'étincelle,

Ainsi suis-je allé je m'en souviens
Interminablement sur l'amer isthme
Et les visions les parfums et les bruits
Entre azur et nuit là qui m'étaient offerts
Je me rappelle que je les rattachais
Aux fous remous de l'éther dans l'origine
Quand la porte des eaux s'ouvrit comme une trappe
Pour l'apparition d'un être frileux
Noué au cou d'un bleu serpent
Dont la queue touchait à son sexe.

PAVOT

Nulle stérilité blonde
Ou brune ou tout épilée
N'exalte encore le voyeur
Quand l'ultime linge est chu
Et quand le piano s'est tu,

Pétale après pétale
La fleur de pavot qui s'effeuille
Ce n'est que pour l'exhibition
D'une panse qui enflera
Jusqu'à la plénitude sourde
Jusqu'au fruit jusqu'à la graine
Jusqu'aux rejetons innombrables,

Mais par tranchant de rasoir
Si tu crèves ce ventre plein
De fentes sur le pourtour
Un suc amer suintera
Où dort la promesse blanche
D'un songe fait comme un pont
À l'enjambée tellement large
Qu'il joigne le désert des jours

À la nuit luxuriante et verte
Au renouveau de la vie même
Après le reflux de la mort.

(7 avril 1972)

FÉVRIER

à Jacques Almira

Cet homme que l'hiver prosterne
Est un noir au ventre qui brille
Entre le pantalon bas
Et le maillot rétréci,

Ses lèvres sur le sol gelé
Feront-elles tout à l'heure
Que perce et puis que s'épanouisse
La froide fleur de février ?

Mais j'ai honte pour ma sœur
Qui regarde et laisse une main
Blanche comme elle aller sous
Les peaux de loups qui la couvrent.

(6 mars 1970)

FER ANNIVERSAIRE

Je ne suis pas fait autrement que d'autres
Un ange qui me demeure inconnu
A placé dans mon corps une lame
Qui pointe en direction de mon cœur
Et qui s'allonge d'une bonne année
Chaque fois que des gens qui croient m'aimer
Célèbrent comme ils disent ma fête,

Ainsi l'espace a-t-il mesure de temps
Aux yeux de l'ange qui compte à rebours
La distance qui sépare encore
Mes moments roses de la blancheur blanche
Où l'arc-en-ciel jaillira des canons
Des fusils qui mettront la touche ultime
Aux images de poignards ou d'épées
Que dresse en moi comme fleurs inouïes
La songerie de mon exécution
L'imagination de ma fête essentielle.

PEUR[1]

L'enfant qui revenait du fleuve
A dit qu'il avait eu peur
Quand il avait vu remuer
Les grandes fesses rapaces
Quand avait bâillé devant lui
Quelque chose de rose et noir
Et quand il avait entendu
Le terrible grondement
Issu de la profondeur blanche,

Il pleure auprès de sa maman
Qui pour l'apaiser montrera
Comment la nature l'a faite.

(25 avril 1972)

VIOLON MÉMORABLE[1]

à H. C.-B.

Ce pont sur la Vistule où vibre un violon
Sous l'archet misérable
D'un petit Juif coiffé d'un vieux chapeau melon
Et ces terres arables
À la dérive entre l'ombre et l'inondation
Ce gris qui vire au noir
C'est ou plutôt c'était mil neuf cent trente-deux
En la société de
Mon merveilleux ami Henri Cartier-Bresson
Que j'évoque ce soir
Comme il était et comme il n'a pas cessé d'être
Normand comme le hêtre
Et pourtant erratique
Doué d'un troisième œil par grâce de l'optique
Nous fîmes du chemin
Nous en ferons encore un joli bout peut-être
Avant la claire fin.

(Paris, 20 novembre 1972)

DE MATIÈRE PLASTIQUE

Tu feins d'être ivre quand tu bois
Tu feins d'aspirer la fumée
Du tabac qui brûle à ta bouche
Tu feins de goûter l'air pur
Ou la fraîcheur de l'eau de source,

Tu feins d'aimer d'amitié
Tu feins l'amour aussi,

Tu feins de te plaire aux doigts
De celui que tu feins d'aimer
Quand sa main te caresse
De la cheville aux paupières,

Tu feins souvent de dormir
Et de te réveiller et tu
Contes des rêves inventés,

Tu fais semblant d'être heureuse
À l'unisson d'autrui,

Tu feins bien la tristesse
Et tu jettes de fausses plaintes
Plus déchirantes que les vraies
Quand le corps s'est refroidi
De ceux que tu semblais chérir,

Tu fais semblant de vivre
Et pourtant tu existes
Non comme la bête ou la plante
Ou le merveilleux caillou
Mais comme un objet fabriqué
Conçu au laboratoire
Servi par la publicité,

Produit de l'âge industriel
Rose de l'ère du Verseau
Artificielle en toutes choses
Faux-visage qui singes
La sainte que nous adorons
Ta chair n'est pas charnelle
Tu n'es pas femme mais postiche
Mannequin de matière plastique.

(14 décembre 1971)

SŒUR DU TIGRE

Sœur du tigre parfois
Quand les barreaux du lit
Tracent une ombre de bambous
Sur la robe de nuit
Dont elle a su défaire
D'avance les boutons,

Dans le grand froid de sa chambre blanche,

Comme hier
Dans le froid du musée
Où des statues aux seins fardés
S'offraient à réchauffer l'homme
Tremblant devant leur marbre,

L'homme abêti plus bas que toute bête
Par les bienfaits de l'industrie,

Celui qui se demande
Si c'est de froid ou de peur qu'il tremble
Si c'est de rage ou si de fièvre chaude,

À celui-là qu'on donne un outil de fer
Puisqu'il n'a plus l'usage de l'outil de chair
Qu'on lui donne un outil de pierre
À défaut d'instrument plus civilisé
Mais que la robe chue
Fasse entendre l'appel du sang
Avec une violence de voix nègre
À la fenêtre où on l'exposera
Devant l'assemblée populaire,

Que le sang se fasse sirène
Et que résonne l'affreux chant
Du sexe de l'impuissant,

Avec une force capable
De renouveler l'amour.

(18 février 1974)

NUDITÉ DE L'AMOUR[1]

Non mon amour n'est pas comme
Ding et dong et ratatam
Il est
Amour,

Non pas nu comme
Dong et ding
Il est nu,

Le cœur évidemment
Le beau *corazón* espagnol
Voilà qui fait en poésie
Tambour de basque
Mais s'il résonne sans saigner
Qu'on le crève !

Depuis les troubadourdises
Jusqu'à l'éluardage exquis
Neuf cents ans de broderie
C'est marre,

Le frisson feuillu du charme
Le nid qui s'enchante de mousse
La rosée qui mouille la rose
Le dahlia le grand glaïeul
Le petit feu de brindilles
La salamandre sur la braise
Le jet d'eau qui demeure en l'air
La foudre sa cape de plumes
La vallée blanche au dos du cygne
La voix d'ivraie du rossignol
Les nœuds du serpent corail
La loutre insinuante la martre
L'ambre l'éponge le foin
Le diamant noir et la perle
Le lit du torrent la vase
Au fond de l'estuaire et le raz
De marée
Non,

Faussetés
Que je voudrais foutre à la casse,

Rompre l'image amoureuse
Voici ce dont j'ai dessein
Par souci de mieux aimer
Dans l'ombre où je suis ce soir,

Mon amie amante aimée
Toi que je respecte trop
Pour prendre en t'évoquant
Le ton du propriétaire
Et t'appeler ma femme

Je t'aime
Et combien je t'aime je sais
Qu'il faut le dire nuement
Et tout nuement te nommer
De deux syllabes suffisantes
B O N A.

(15 décembre 1971)

VERTE CHEVELURE[1]

Baudelaire quelquefois choque,

Choque ai-je dit
Or ce disant
Je heurte ou bien je me heurte moi-même
Contre celui ou tout cela que j'aime
En raison ni plus ni moins
Qu'en déraison suprême,

Mais l'aérolithe verbal est chu
Dans le plan clair de ma rêverie
Par quelle conjonction trouble engendré
À quelle orbite impérieuse échappé
Sur les chemins de mon ciel ou de ceux
Des esprits qui me ressemblent un peu
Mes frères sidéraux,

Poésie où je vais en aveugle
Quêtant la lumière qui aveugle,

Je sais que c'est à peine si je suis
Responsable des mots qui me visitent,

Baudelaire m'a fléché pourtant
Parfois et plus particulièrement
Quand dans la splendeur du *Rêve parisien*
Il a lancé comme en sursaut de venin
Une phrase qui le peint et l'outrage :

J'avais banni de ces spectacles
Le végétal irrégulier
A-t-il d'un accent
Où l'on croit ouïr le grincement
D'un couperet qu'on hisse
Prononcé pour
Consacrer son mirage lapidaire,

L'irrégularité de la flore
Par contraste avec les règles de l'art
Qui sont artifices bien entendu
Voilà qui me remet en mémoire
Certain soir au café surréaliste
Où la véhémence d'André Breton
Me fit grief d'avoir voulu définir
Baudelaire par l'artificiel,

Dans le temple de la nature
Que pour notre émoi le poète
Soit prêtre et voyant je le sais
Mais une lettre jointe à l'envoi
Du beau *Rêve* ajoutait

Vous savez bien que je suis incapable de m'attendrir sur les végétaux
Et cet aveu je l'entends
Comme une sorte d'infamie
Qui désespérément m'attriste
Par ce qu'elle confirme en plein
Ma définition imprudente,

Se peut-il que l'on puisse
Ou plutôt qu'un si haut poète ait pu
Ne participer nullement
Au règne adorable des arbres ?

J'ai connu un haut fonctionnaire
Voué au soutien d'une crypte
Qui disait sa répugnance pour eux
Mais ce n'était qu'un atlante de stuc
Et je suppose qu'il
Ne méprisait pas moins la poésie,

Tout arbre est un poème en soi
Et ce qui monte mystérieusement
Depuis la grande main radicale
Jusqu'aux sublimes frondaisons
Comme pour défier le céleste bleu
Par la tendresse folle du vert
Est d'une essence aussi poétique
Que l'expression de Trakl ou de Celan,

Si l'arbre ainsi que les plus fiers poètes
Parle encore quand il semble se taire
S'il articule le silence

Et si j'ai toujours entendu
Bruire
Sous l'écorce
Quand avec amour je posais
L'oreille sur la nudité
D'un tronc moussu plus bas,

Arbres qui sont des métaphores
Du plaisir moteur de la nature
Et qui sont aussi l'éjaculation
Que depuis les origines
La transcendance guette
Pour l'accueillir et l'enfouir
Dans le bâillement de sa fleur
Avec un contentement
Qui fut dit par quelques poètes
À l'intention des hommes
Comme en prophétie du passé,

Savoir si l'arbre
Est la justification du serpent
Ou le serpent celle de l'arbre,

Ou si le rasoir
Justifie le poil qu'il
A mission de supprimer
Ou si c'est le sang
Qu'il pourrait faire jaillir,

Du fruit sous la branche de la Genèse
Au brûlant buisson du Sinaï
La distance est courte

Quelques pas de prêtres ou de mages
Crânes d'œufs au soleil
Jusqu'à l'Arche accumulatrice
D'électricité primordiale,

Et Bona
Ce qu'elle a choisi pour me raconter
Dans ce qu'elle se souvient d'Angkor
N'est-ce encore le serpent?

Un long serpent émaillé vert et bleu
Qui ponctuait finement la verdure
D'un arbre plus vert que le jour de là
Et qui donnait une agressivité
Salubre à la blancheur grise des pierres
Des temples vieux,

Aujourd'hui le Cambodge a rejeté
La cuscute amerloque ainsi que
J'ai vu notre caméléon
S'arracher à son ancienne peau
En en laissant des loques
Aux feuilles de son figuier,

Animal d'air antédiluvien
Qui pourrait avoir servi de modèle
Au reptile de la tentation
Dite originelle
Tel qu'il fut figuré quelquefois
Dans le décor d'un chapiteau roman,

Baudelaire quand il songeait à l'arbre
De la Science du Bien et du Mal
À fin de frontispice pour ses *Fleurs*
Souhaitait que Bracquemond gravât
Un squelette arborescent
Dont seul Félicien Rops
Eut la capacité plus tard
Sur le feuillet liminaire
Des *Épaves*,

Ainsi Baudelaire
Qui écrivait à Poulet-Malassis que
Toute littérature dérive du péché
Eut l'arbre de son vœu :

Bel arbre de mort,

Tandis le temps échu révèle
Que le fier et chaleureux sens
Du mythe édénique de l'arbre
Saint sexe raidi
Contre le bleu d'un ciel
Peint déjà de paternalisme
Est que le libre Adam
Pareil au Prométhée des Grecs
Fit élection de la vie
Devant le serpent bénéfique,

Frère serpent sur l'arbre notre frère
Serpent qui gardes la mort sous ta dent
Donateur ineffable
D'une vie magnifique et terrible

Adam eût pu baiser
Ta langue dardée,

Gage violent
De la réunion de la beauté d'en bas
Avec celle d'en haut
Dans l'éclat fou des temps modernes.

(16 octobre 1973)

CASOAR

à la mémoire de Pablo Neruda

Pauvre bête aux belles plumes
Sur un ridicule cul
Elle n'avait pas choisi
De pavoiser des brutaux
Et de voltiger sur la tête
De meurtriers à venir,

Je ne cacherai pas que
C'est au Chili que je pense
Où l'on tue de l'homme à cœur joie
Pour la tranquillité des nantis
Et le déduit des militaires
Lassés d'une paix longue,

Mais le Chili n'est pas si loin
Que nous le voyons sur la carte
Et la leçon qu'il impose
Est de plumer le casoar
Tant qu'il est temps

Et qu'il se peut
En notre lieu ;

Là-bas
Île de Pâques
Je m'agenouille au pied
Des grandes statues magiques,

J'humilie mon corps banal
Je le crispe et le convulse
Je me prosterne et me roule
Je vomis sur la terre sombre
Support de leur haute puissance
Je souille ma face dans mon renard
Pour aiguiser par l'horreur
Le fil de mon imprécation,

Que leur courroux vengeur
S'exerce,

Que le crime de Santiago
Soit retourné comme une pieuvre
Dans le sang des criminels,

Que surgisse des fonds
Entre les vagues espacées
Du vieil océan Pacifique
Une neuve aurore de cuivre
Annonciatrice de talion
Et de purification juste,

Que la force d'amour efface
Celles de l'or et du fer,

Par une conjuration
De tendresse impitoyable !

(6 octobre 1973)

LA MAIN TENDUE

La main tendue aux assassins d'Allende
Tu pris le feu de mort
Qui par l'anus
Comme verge de dieu araucan
Entra en toi
Pour te broyer et pour te concasser
Pour te piler jusqu'au sommet du crâne
Pour te réduire en poussier commun
Que les souffles de l'histoire
Déjà dispersent
Dans un temps de défaite
Bâtard des trois temps cardinaux
Phares altiers du langage
Régents aux fières plumes
Souverains dans la nuit des temps.

CLÉ ROUGE ET NOIRE

Là-haut le ciel est rouge
Ou sinon il est noir,

Non pas ciel mais nuée
Fumée
Sombre souvent
Souvent vermeille aussi,

Sang ou suie le fond du ciel
Sur la cité des travailleurs
Au temps obscur
De la minuit de l'âme
Quand la prière avec le sexe
Conjointement surgissent
En éjaculation ardente,

Et plus précisément quand
Le drapeau noir avec le drapeau rouge
S'enlacent font l'amour
Frère sœur incestueux

Sur le salubre scandale
Des jeunes barricades,

S'il faut aux hommes une clé
Qui ait la capacité
D'entrouvrir la nuit céleste.

(Paris, 26 janvier 1974)

VIEILLARD VIEUX

Toi qui
Nommes vice la vie
Vieillard vieux,

Que le poids de ta tiare
T'enfonce
Au plus profond du fond des fonds,

Ton corps est de ceux
Que l'eau ne lavera
Qu'après décès,

Il faut tenir ouverts
Tous les pores de sa peau
Pour accueillir le premier souffle
Le rayon léger initial
Qui vont consacrer le printemps,

Sous la crasse doctrinaire
Tu as laissé se dessécher
L'âme à toi confiée,

Et le parfum que tu répands
Est une odeur de poisson mort.

(28 janvier 1974)

JEUNE SORCIÈRE

Tel jeune corps pervers et parfumé
Qu'elle offrait hier à un rayon de lune
Ou au feu froid émané de Saturne
Fut-il en rêve ou vraiment caressé ?

Les prétendants ont-ils subi le joug
Arqué sur eux par des cuisses polies ?

Agenouillés en pose de victimes
Ont-ils humilié leurs lèvres là ?

La sorcière est seule à le savoir
Elle qui rit et se tait dans le noir.

(Paris, 7 juin 1974)

LÈVRES BLEUES[1]

Les lèvres bleues du canot
Sur le sable gris de la plage
Qu'un reflet de lune illumine
Dirais-tu qu'elles vont ouvrir
Une bouche de noyée
Pour dire ce que toute femme
Aurait pu dire à tout homme
Et que nulle n'a jamais dit ?

(1er septembre 1974)

FLAMME ESSENTIELLE

Dans les flammes flambe une flamme,

Si nous savions celle-là
Nous pourrions savoir le feu
Nous brûlerions l'air l'eau la terre
Et dans l'ardeur de la totalité
Le rien se réduirait jusqu'en
Cette cendre ultime qui n'est
Qu'appréhension d'une existence.

(Paris, 14 septembre 1974)

LE VIEILLARD ET LA MOUCHE[1]

Ses mots blancs tombent et retombent,

Ses mots blancs tombent autour de lui
Sur un plan blanc où toute expression
Est illusion comme toute vision,

Ses mots ne lui laissent nulle ombre,

Ainsi fut-il depuis la frêle enfance
Et ainsi sera-t-il
Dans les âges
Tant que la force de l'informe
Aura pouvoir de faire loi
Sur l'aire et sur le volume
Sous les deux et les trois dimensions
De son espace personnel,

Il neige une neige de neige
Le précipité de son verbe,

De son discours disons que cela floconne
Comme on le dit d'un foyer purulent
Et le lent tourbillon le préserve
Tout au long de la chute molle,

Car une grande mouche noire
Qui bourdonne entre ses mots blancs
Les ventile et les bat
Et continuellement les chasse
Et les disperse çà et là
Afin qu'ils n'aient licence
De formuler la pensée
Qui existe déjà peut-être
En quelque lieu que l'on ne sait
Et qui aurait mission de fournir
Un butoir au cours de son existence,

Mais lui n'ignore pas
Qu'un instant viendra
Où la fatigue obligera la mouche
À replier les ailes,

Alors ses derniers mots
Prendront forme de phrase
Et blanche comme sa mémoire
Où il ne put jamais fixer un souvenir
Celle-là couvrira son verbiage
D'une dalle anonyme,

Veillée par nulle flamme,

Puisque les hommes les esprits les génies
Les plus altiers des anges même
Ne seraient pas capables de lire un nom
Qui de jadis ou naguère au présent
Par aucune passion ne fut éclairé.

(22 octobre 1973)

LUNE

Lune *a-t-il dit lorsqu'un*
Petit bouton pressé
Eut coupé la clarté
Que dispensent les dynamos
Aux beaux rotors suant l'huile
Dans les centrales orageuses,

Lune autour d'une terre
Terre autour de quelque soleil
Ainsi tourne en cercle ardent
La cibiche de hachisch
D'une bouche à l'autre bouche
De cinq hommes qui ne sont
Que des reflets de moi-même
Tel qu'une fois j'étais
Et qui t'entourent à présent
Dénudée toi et liée
Dos contre le tronc abrupt
D'un pin que l'on écorcha
Pour que la résine coulante
Épouse le violent chanvre
Dans un tourbillon qui va

Du sol au ciel à travers toi
Que la fumée chaude exalte,

Une troisième odeur
Un effluve d'ozone
Électrise les jeunes pousses,

Touchée tu le fus mais
Les doigts qui repassent et passent
Le joint la braise et la cendre
S'ils frôlent les roses bouts
De ta gorge fructueuse
Ne prennent appui
Explorent sans exploiter,

Ce que les hommes te feront
Quand leurs lèvres auront bu
La dernière goutte de feu
Je devrais le savoir
Puisque de tous je suis
L'incarnation originale
Plus avancée seulement
Sur le fil à plomb du temps,

Mais le saurais-je que
Je ne voudrais pas te le dire,

Pour te laisser dans la peur
Qui te laisse une espérance
Qu'un futur incontinent
Brouillera sous l'afflux des larmes,

Avant que ne t'engloutisse
L'amen définitif
Du plaisir à perpétuité,

Un voile de vapeur éteint
La nudité de l'astre plein,

Son rêve crève
Bulle au ciel
Il s'est tu.

(19 octobre 1947)

COLLIER AFGHAN

Sous le collier afghan
Une soie couvre une autre soie
Et sous la dernière soie
La nudité des seins nus,

Dômes de la ville interdite,

(La forme ou les limites
Des assemblages de mailles
Qui composent le vêtement
Du féminin transitoire
Ne nous importent pas plus
Que des tours et des murailles
Aux confins de l'Empire Tartare
À ceux du vieil Anjou),

Un feu de joues
Brûle en haut comme en bas
En l'air moins qu'au-dessous,

Ce feu inaccessible
Sous le sceau de vie et de mort
Posé par le collier du mage.

BOLET CASUEL

à Jeanpyer Poels

L'enfant qui cherchait des cèpes
A souri d'avoir mis la main
Sur un exceptionnel butin
Belle fongosité rousse
Qui était un aspic lové
Dans la mousse triangulaire
Entre deux racines d'un chêne
Anthropomorphe et féminin,

L'automne dorait des ramures
Sans laisser qu'un souffle allège
La gravité de l'air,

Maintenant des cloches tintent
Tintent tintent et tintent
Et la forêt ouvre et clôt
Un œil grand qui n'est d'homme ou de bête
Tout à l'entour de la clairière

Dont le sol soudain fou bascule
Au rythme d'un cœur en suspens,

Le ciel qui n'est que banquise bleue
Déverse un froid divin peut-être
Puis cela verse
Comme guidé par un charretier soûl
Une roue tourne interminablement
Le présent est approfondi
Si bas que tout futur est aboli
Et l'enfant perçoit la démesure,

Tandis le serpent s'en va sinuant
Sous les fougères et les prèles d'hier.

(1er juillet 1975)

BARBE ET BLEU

Un miroir est la mer au sombre bleu
Où vient et va un petit hors-bord
Avec bruit de rasoir électrique
Mais l'on ne pourrait quitter l'amour
Lestement comme on rejette
Ce mélange de mousse et de poil
Qui souillera le gravier de la côte
Et les lames des tempêtes hivernales
Battront avec furie encore
Contre un rempart moins caduc
Que le cœur éperdu du poète
Quand s'écrivent ses mots au ciel
Dans un ébat de mille mouettes.

(2 janvier 1977)

PROSTERNEMENT[1]

Dans le piège où elle fut prise
La loutre est si nue sous les mailles
Si longue si fille et si lisse
Que le piégeur à sa vue tremble
Flaire une peau qui sent le musc
Attouche le bourgeon d'un sein
Bout de cigare sous le doigt
Entrouvre un peu la fermeture
Pour toucher le velours des reins
Toucher la soie du joli ventre
Le satin tiède de la taille
Puis penche le front s'agenouille
Sous le joug des fesses musclées
Prisonnier lui bientôt et proie
Chose de consommation
Quand ont succombé ses guenilles
Aux griffes de la jeune bête
Qui a su rompre le filet
Prosterner le vainqueur débile
Sur un lit de roseaux chus
Et n'a plus faim que du plaisir
De garrotter entre ses cuisses
Le râle de consentement
D'une bouche asservie au sexe

Qu'il faut que la langue réjouisse
Avec une soumission stricte
Et de tenir entre ses dents
Le viril orgueil d'autrefois
Aujourd'hui congestionné comme
Le cou raidi d'un condamné
En lunette de guillotine.

AGENOUILLEMENT

à la mémoire de Paul Verlaine,
en « Extrême-Onction » inverse

Je ferme les yeux j'évoque
Le désarroi silencieux
La dénudation le musc
D'une qui venait offrir
Sa grande impudeur musclée
Au donneur de sérénades
Mais qui fut agenouillée
Sa bouche au nœud dur nouée
Ses lèvres incomparables
Closes d'abord sans faiblesse
Puis ouvertes peu à peu
Comme deux battants de portes
Que l'on cesse de défendre
Contre un ennemi trop fort
Le jeu de sa langue ensuite
Experte à flatter la hampe
Après capitulation
Puis à l'envelopper toute
D'une chaude soumission
Sanctionnée de quelque gifle

Avant de l'attirer dans
Le piège de ses mâchoires
Jusqu'au fond de son gosier
Qui frémira sous les coups
D'un gros bélier brutal
Dont jaillira tout à l'heure
Le flot de liqueur violente
Que sa patience attend
Pour d'un spasme l'avaler
Jusqu'à la dernière goutte
Comme elle eut l'ordre de faire.

FLOS FLORUM

à Salah Stetié

Flos florum avait-il dit
Sans avoir souci de parler
Et s'il
Vit comme une ombre de rat
Preste passer sur le pied blanc
De celle qui attendait nue
La communion incestueuse
Quoique depuis un temps d'antan
Son désir à lui fût éteint
Il vit aussi la rose lourde
Jeter sur le sol fienteux ses
Pétales toutes au toucher
Des doigts d'elle sur la tige
Dont s'enfonçaient les piquants
En la peau tendre tiède
Sous laquelle ils allaient répandre
Suivant la pulsion du sang
Un germe lent de leucémie,

Ô fleur des fleurs
Rouge sœur à l'obscène ovaire
Montré maintenant comme offert
Après l'effeuillement grave
Qu'au moins sachent nos cœurs meurtris
Désenvenimer tes épines !

(21 juillet 1978)

QUINZE AOÛT[1]

Ce qu'on écrivait à la craie
Sur les beaux murs monumentaux
En Italie après la guerre
C'était :

Les vits changent
Les culs
Sont toujours les mêmes
Les nôtres ;

Où en sommes-nous mes amours
Dans le jour doré d'aujourd'hui
Où en sommes-nous mes agneaux
Et qui donc oserait écrire
Que si les dos changent parfois
Le fouet sera toujours le même
Le sien ?
L'abominable Anglais s'est tu sous le ciel rouge,

De Gamehuche il reste un grand récif
Où les vagues qui se brisent à basse mer
Font un bruit de langage où rien n'est exprimé,

Quelqu'un sait-il ce que virent vraiment
Les hommes qui posèrent le pied sur la lune ?

Mais l'Histoire est un leurre où le poète est pris
S'il ne se garde mieux que moi
De sa sanglante inconstance...

(Paris, 15 août 1978)

BOMBE

La bombe qui tombait est remontée au ciel.

Croiseur noir

Sabre de nuit qui tranche mon sommeil
Surgit la courbe d'une étrave noire
Puis la quiétude en moi se recompose
Et le bleu tire un drap tranquille sur les fonds
Pendant qu'un songe file entre deux eaux
Vers une coque où l'on reconnaîtrait
Le ventre d'une femme charpentée pour
Engouffrer l'amour par loi de course,

Le bleu du sommeil est plus bleu qu'aucun ciel
Nulle mer n'a le bleu de la nuit où je dors,

Poissons volants les images du rêve
Tombent à gauche à droite de la lame
Qui est la proue d'un immense croiseur
Dont je ne saurais dire où ni comment
Il finit si je connais à peine
Son formidable commencement
Et s'il me pousse de toute la puissance
Qui le propulse à plus de nœuds sans doute
Que le cauchemar qui courait sur les eaux
Avant la création originelle,

Les vaisseaux non je n'écrirai pas vaisseau
Tel noble mot dont j'ai usé jadis
Je l'ai vu trop sous la livrée des princes
Il est brodé il est lis au bicorne
Je le réforme je l'exclus de mon poème
Navire non je ne veux pas ce mot
Quoiqu'il ait figuré la femme splendide
Mais je dirai bateau tout platement
Comme on dit quand on divague au long d'un quai
Gardant son pied des chaînes et des bittes,

Les bateaux qui portent le mal sont gris
Comme sont les mauvais serpents et les cloportes
Leurs marins en bleu vont sur les mers froides
Tandis qu'ils vont sur les chaudes en blanc
Mais le croiseur rayonne en noir élémentaire
Si tous les points de son bord sont des points obscurs
Si je vois tous ceux-là de son équipage
Chaussés vêtus gantés coiffés et masqués
Dans les tons de l'ébène ou de l'anthracite
Si je sais que leurs os que leur sang que leur peau
Sont à l'égal du jais ou du crachat des pieuvres,

Funèbres poux agrippés par myriades
Sur le funèbre fer rué dans le bleu lourd
Et que cette vermine soit d'engeance humaine
Une voix m'en persuade
Qui s'exprime sans mots derrière ma vision,

Mille cornes par tous les ponts je les vois
Mille dards antennes de fourmis géantes

Crochets anneaux pinces articulées
Superstructures d'insectes primordiaux
Quant à nombrer je ne puis le voudrais-je
Une calamité de triples tourelles
Qui pivotent et qui
Pointent contre le ciel des trinités de tubes
Rigides comme des hérésies
Et l'autre bleu se voile d'émeraude,

Je n'ignore pas qu'il se pourrait
Que surgissent un jour entre les dos des vagues
De longs fusants projectiles de froid
Autoguidés vers les foyers de bonheur clair
Car le croiseur a le don insidieux
De plonger pour lancer de sous les eaux le mal
Dont il est véhicule catégorique,

Priapes inverses puisqu'ils
Changent en néant l'être
La plénitude en vide
Un signe mortel fut tracé sur leurs glands
Par le doigt d'un mage pessimiste,

Mais j'anticipe ou je m'écarte et le croiseur
Raye de noir dans le présent l'azur
Qui est le plan où vient et va mon rêve
Tant et si bien que j'explore la peau
D'un tigre illimité comme la mer
Plus mouvant que tous les océans du globe
Plus souverain d'être bleu à leur reflet,

Grand tigre bleu qui berces mon croiseur
Lèche ton flanc tracé par son sillage
Comme tu lécherais le saphir de ton sexe
Tigre qui tournoies sur toi-même
Pour attirer toute pensée flottante
Au fond du gouffre où est ta gueule perse
Tigre bondiras-tu en onde cyclonale
Rugiras-tu en souffle d'ouragan ?

Le point central de mon songe est au calme
Huit roses blanches dessinent un huit
Couché devant les dentures du tigre
Qui couche les oreilles comme effrayé
Par le symbole de l'infini,

J'apaise le fracas de l'atmosphère
J'étouffe le gong et les hurlements
J'imagine un bruit inaudible
Parce qu'il passerait toute horreur entendue
Le ronflement du mal dans les altitudes
Le sifflement de la sagaie nucléaire
Doigt divin qui vole puis qui retombe
Sur l'heureux pays qu'abritera le dôme
D'un champignon illuminé comme
L'aurore l'amanite et le crépuscule
Mais non c'est le silence
Qui est le fond où se meut le croiseur,

Je ne suis pas plus prophète qu'un œil
La cire molle de la prophétie
N'a pas pris place et ne tient nul emploi
Dans le fantasmascope de mon crâne
Mais en témoin plus qu'en observateur

De loin de près je vois le mal viril
Tigrer l'azur sous la forme brutale
Du croiseur noir
Je vois foncer la sombre silhouette
Vers la verte courbure de l'horizon
Je sais le fuligineux bateau chargé
De tout le mal dont est capable l'homme,

Reculer m'est interdit quand
Le point voyeur que je suis devenu
Accoste le lugubre bord
Stoppé par grâce infâme à ma portée
Et quand ma rétine encadre
Un bouc moreau crucifié sur
La convexité d'un radar
Qui tournant sans cesse l'expose
Aux points cardinaux de l'espace
Afin de capter les fluides plus mauvais
Et les plus pernicieux courants
Du rebours de la providence,

Sur le deuil vestimentaire de l'équipage
Je ne dirai plus rien puisque tout uniforme
Est noir en vérité sous la couleur fausse
D'accord avec le vœu des servants de la mort
Mais les cornes du grand bouc se prolongent
De longs rayons spiraux qui arrivent au rouge
Quand leurs extrêmes tentacules
Ceignent le turquoise du ciel,

J'aimerais que la nudité blanche
D'une fille aussi sainte qu'Isis
Fût balancée entre les deux spirales

Au-dessus de la peste et de ses milices
Pourtant nul astre de féminité
Ne paraît dans le bleu où il eût racheté
Peut-être un clou dans un sabot du bouc,

Et mon regard est mandé au plus bas
Par une sorte de bras supérieur,

Ce qu'il m'est permis de connaître alors
Est dans le fond des cales du croiseur
Un caisson blindé qui contient
L'énormité d'une perle noire
Que je prendrais si je croyais aux contes
Pour un œuf d'oiseau roc or je sais
Que sa boule est le noyau du mal
Et que son volume s'accroît
À chaque tour de planète bouclé
Par le bateau qui passe sous un pôle
Contourne l'autre et coupe l'équateur
À toute force de machinerie,

Aux inscriptions du corail lirait-on
Que parfois l'huître éclate sous l'effet
De la croissance irrésistible de sa perle
On pourrait évaluer le temps de nuisance
Concédé encore au croiseur noir
Car le stupide aveuglement du mal
L'oblige à des circuits perpétuels
De la banquise arctique à l'antarctique,

Par cassement de cuirasse cambrée
Fruit du ventre disjoint la livide perle

Au terme échu du règne descendrait
Le long chemin des vallons abyssaux
Jusqu'au lieu de bassesse et de nuit
Où reposent les grands maux envasés
Avant l'apparition de l'homme sur la terre
Les fléaux capitaux dont j'ignore
S'ils reviendront sous un soleil blêmi
Trier du soufre et des dents de serpents
D'avec le sel et la cendre des villes,

Suis-je phare que marée abandonne
Si baisse en moi le niveau du langage
Si celui des images baisse alentour ?

J'ai laissé fuir le flot visionnaire
Au fil duquel s'en va le bâtiment
Et quand vers lui je tourne ma lanterne
C'est en posture ignoble qu'il reparaît
Comme un taureau prosterné devant l'arme
Comme une fille à genoux sous le pire
Comme s'il eût relevé quelque jupe
Sur les hélices et leur immondice
Sur l'abomination de la poupe
Que couronnent les trinités sombres
Pour la dernière solennité
Du ténébreux arsenal mis en l'air,

Soudain l'horizon tourne
Ou quoi
Ma rétine bascule
Soudain cul haut le mal est consommé
Au gouffre d'une gloire orange et verte
Et son reflet palpite dans mon œil

Avec un ébat de cœur ou de perruche
Qui fait s'iriser mon éblouissement
Aux couleurs les plus jolies de la vie,

La fleur de l'illumination s'effeuille
L'oiseau choit sur une goutte de sang
Le rayon optique se brise
Avant le terme de la voie
Bornée de pétales et de plumes,

Mais que des cauchemars s'obstinent
À baratter sénilement
Le noir lait de l'au-delà
J'emprunte au diamant du rêve
Un souvenir éclatant pour
Tirer sur leur beurre un trait
Qui est la chevelure ardente
De la grande comète rouge
Dont le moteur est l'amour.

(Venise, 6 octobre 1969)

Passage de l'Égyptienne

Demoiselles qu'on les nomme
Ou libellules c'est tout un
Quand l'énormité de leurs yeux
Au bout d'un bâtonnet de corps
Sous un repli diaphane
Confirme les roseaux souples
Que leurs pattes ont agrippés,

Plusieurs se sont posées
Sur la perche où prend appui
Un homme fort qui a poussé
Un bachot dans la roselière,

Et leur brillant pourpre et vert
Magnifie le bois noueux
Du rameau dégrossi à peine ;

Midi haut qui soûle l'homme
Lui montre qui vient à lui
Dans l'écartement des tiges
Une femme peu vêtue
Dont le pied émeut la vase
D'une foulée de bulles,

L'eau que ride son genou jeune
N'atteint pas un pan délavé
Qui la ceint sans rien celer,

Les seins nus lui vont comme à l'âtre le feu
L'air prend le frais autour de ses épaules,

Mais la terre est en elle avec un poids
Qui incline l'esquif
Malgré le batelier courbé à la renverse ;

Devant lui seul elle est seule
Sous le couvert d'une feuille
Petit masque de la peau
Où exsude l'appréhension
D'une proximité violente
Et la nervure végétale
Répond à la musculature
Du supérieur viril,

Sans nulle bouffée les joncs
Plient sans indiquer,

La torpeur accouple ;

Le passeur a demandé
Si elle avait de quoi payer
Son transport sur l'eau qu'émerveille
Un soleil jaloux de ses yeux,

J'ai de quoi payer mon port
A-t-elle dit en faisant
Plus grands encore et plus blancs
Ses beaux globes oculaires
Et plus dorés ses iris,

Elle a dit J'ai de quoi payer
Le port et le débarquement
De l'objet de chair éphémère
Qui est la femme que je suis
Portatrice de l'amour
Comme une simple porteuse d'eau,

Passe-moi donc à l'autre bord
Pour que ma bouche enseigne aux hommes
La royauté de l'amour ;

Ils ont joué l'accord,

Les dés qu'il a jetés
Ceux de l'aspirante au passage
Ont donné des chiffres pareils
Les six faces du cube
Les quatre côtés du carré
La communion rigoureuse
Dans l'égalité stricte,

Clôture de l'âme et des sens,

Lui brûle,

Elle est la jarre où tremble l'eau
L'attente et l'offre ;

Au vu de la dureté virile
Sous la bienveillance du bleu
Où s'exalte le feu solaire
La prêcheuse hardie et brune
A quitté ce semblant de pagne
Qui ne cachait que pour rire
Le lustre noir du triangle,

La plus féerique des Maries
S'est mise au lit de ses cheveux
Sur les cernes du bois rude
Dans l'ogive horizontale
Du bordage de proue,

Tandis que le bachot vague
Démarré de la roselière
Par un galant coup de perche
Puis abandonné au flot
Allait échouer plus bas
Dans une touffe plus touffue;

Verts parasols des papyrus
Coups dorés d'ailes de pluviers
Plongeon rubis et turquoise
Du plus fastueux des pêcheurs
Vif-argent du fretin gai
Qui frôle un dos de vase
Où des vaguelettes s'irisent
La flore et la faune palustres
S'accordent pour célébrer
L'heureux cérémonial des sens,

Avec un air d'oiseau-mouche
Un sphinx de quelque lis d'eau
Pourrait butiner la pourpre
Des calices de précieux sang
Que l'amant rêve d'épanouir
Sur le torse de l'aimée
Qu'un rayon sous les feuilles farde ;

L'aimée a la vision de doigts
Affranchis de base charnelle
Qui d'alors au soir du jour
Ou mieux jusqu'au lendemain
Seraient comme flammes sur elle
Que l'amant aurait liée
Comme un fagot de ceps
Et sa vision cadre avec son plaisir,

Tout esquif n'est-il pas
Flottant bûcher de gros bois,

Et qu'est-ce qu'un bûcher sinon
La barque ardente de l'amour
Nacelle de sublimation
Par laquelle a lieu le passage
De la vie mortelle à l'autre ?

Des miroirs instantanés tournent
Dans une durée qu'illuminent
Les doux répits et les attaques
Du passeur qui perçoit son dû
En monnaie d'attouchement
Selon que va la grande aiguille
Sur le cadran où la passée
Lit en chiffres le bonheur
De n'être plus et de renaître
En cessant de s'appartenir,

Le noir a cédé au rouge
Derrière ses paupières qui
Ne s'ouvrent que pour se fermer
Et ne se rouvrent que devant
La jouissance qui aveugle,

Toutes mesures abolies
L'homme en la joignant la revêt
D'un illimité plumage
Qui la soutient radieusement
Aux altitudes ineffables
Chaque fois qu'elle s'envoie en l'air ;

D'être bon pain et proie
La patiente est levée en gloire
Par des ressorts de toutes sortes,

Muée en croix qui plane
Dolent cerf-volant féminin
Elle évolue entre des foudres
Les décharges la secouent
Les monts de ses seins reluisent
Celui de son ventre étincelle
Dans l'orage où elle a pris son pied,

Objet d'une piété raide
Elle n'a su clore l'oreille
À des propositions sauvages
Et sa docilité se prête
À l'irrumation qui vexe,

Salubre sexe où le sel cristallise
Marie en tire leçon que
Les moires laissées par l'amour
Ont le goût de la mer immense ;

Puis le soleil a décliné
La perche a perdu le fond
Et le passeur a pris les rames
Au-dessus de la femme inerte
Pour voguer jusqu'à l'autre rive,

Une éternité de feu
Unit le sombre seigneur
À la figure obscure qui
Fut son épouse vénérable
La prostituée la prosternée
La soumise la bienheureuse
Marie l'Égyptienne ;

C'est jadis que cela fut
Selon le dit de la fable
Or ce pourrait être aujourd'hui
Si près le passé bourdonne
À l'entour de nos oreilles
Qu'une claque l'écraserait
Insecte repu de sang
Sur la verge du vieux passeur,

Verge de tous les hommes
Balancier du temps des hommes
Tant qu'il existera des hommes
Sur la terre irremplaçable
Et tant que fusera l'amour
Au-delà du vide spatial.

(Venise, 10 septembre 1971)

Poème composé sur des épreuves d'essai d'eaux-fortes de Joan Miró.

PASSAGE DE L'ÉGYPTIENNE
MINUTES CONJOINTES

Quelque charbon de roselière
Signe le feu de volière
Qui par terre et eau et air
Sanctifia celle-là hier ;

*

Passée du rouge au bleu céleste
Priant que l'on forçât son corps ;

*

Toute touffe à rebrousse
Devant le pieu du vert désir ;

*

Un fou coup d'aile
Ouvrant la femme au mâle humain ;

*

Le ciel s'enchantait d'un chant double
De stupre et de béatitude
De félicité dans le viol.

(15 janvier 1978)

ÉCRITURE INEFFABLE

Peintures gravures écrites
Touches qui vont à perte de vue
Démesure du petit dans le grand
Ineffable tracé de Mehdi Qotbi,

Filet jeté sur moi
Par un heureux d'entre les créateurs
Qui rit à dents de marbre
S'il se réjouit de m'avoir capturé
Dans son écrit qui semble être né
Avant que n'ait paru le premier langage
Ou après que tous ils furent disparus
Mais que d'écrire la fièvre demeura,

Hors de toute notion d'âge ni de lieu,

Multiples mailles qui ne sont pas des lettres
Mais dont il s'entend qu'elles ont bien à dire
Ou mal il se pourrait
Par leur infinie répétition même,

Lettres mots phrases récits oui donc oui
Ou récits phrases mots lettres traits points
Traces traces traces,

Fureur de tracer des traces
Frénésie de poser des touches,

Notes de musique moindre bruit non pas non,
Néographisme silencieux
Qui envahit sans aveu
Tout en douceur,

Filet lancé partout et nulle part
Pour la saisie d'une chose qui n'est pas
Mais qui sera création de beauté
Par ferme vœu de l'auteur,

Ainsi Qotbi rejoint le calligraphe
Par la soumission de l'écriture écrite
À son idéal de beauté terrible,

Ainsi de lui pourrais-je presque dire
Qu'il se joue d'une écriture platonicienne
À laquelle il aurait arraché le sens
Ôté sa signification
Pour la clore en obscure caverne
Fille du Grec mais enclouée à la grotte
Où dans le vide du non-être
S'ébattraient les libres couleurs
Déchaînées en revanche de la cécité
Et de l'esclavage de leur maîtresse,

Philosophal miroir où se mire un écrit
Qui n'est pas écriture signifiante mais
Où l'on peut déchiffrer un désir
Incalculable s'il n'est nombre non plus
Ombre de nombre en la sombre caverne
Où les mots décharnés
Deviennent points myriades de points

Atomes des pures couleurs
Réponse aux désirs déchiffrés,

Nuit de toutes les nuits grosses de couleurs vives,

Bleus de tous les grains d'un sable bleu
Étendu sur la plage sans fin
Du feuillet de Qotbi
Comme en témoin de l'eau à perte de vue,

Ou bleuté pâle
Comme en justification du grand air
Notre céleste environnement,

Vert de Qotbi voisin parfois du rose
Vert étendu en très vaste mousse
Lit d'amour où sont enracinés
Les splendides arbres aimés parce
Qu'ils nous parlent de la terre universelle
Dont le brun clair ou sombre est cuir de bête
Offert à de microscopiques fourmis
Immobiles quoiqu'elles semblent remuer
Par artifice de Qotbi toujours,
Vert illimité qui demeure en mémoire
Seul vestige laissé
Par un songe de forêt amazonienne,

Dernier paru pourtant
Voici le feu après les trois premiers
Inscrit à force de rouges et jaunes
Sang qui s'écoule ou qui s'épanouit
Or qui cicatrise une sorte de plaie
Luxe et cruauté sur toiles ou papyrus
Que signera ou ne signera pas
Mais qu'offrira Qotbi
Aux quatre vents des quatre éléments

Riant encore comme s'il t'allait mordre
Toi qui tendais la main en quête de signes
Qui t'eussent rendu un espoir d'exister
Si tu les avais pu lire,

Mais non,

Et le message ici qui t'est donné
Conseil aussi
Tu le retrouveras en levant les yeux
Vers l'éclat de midi au ciel
Puis vers la voûte étoilée de la nuit
Dont tu sais n'est-ce pas qu'ils
N'ont de moteur que l'amour
Selon le dit du Toscan sublime[1].

(12 juin 1987)

GRIS DE PERLE

Dernier cahier de poésie

Gris de perle

TREIZIÈME HEURE[1]

La longue eau noire d'un fleuve coule
Au long d'un quai de pierres obscures
Un homme prosterné là contemple
En face de lui un chat rayé
Et le chat qui regarde cet homme
Fait un pas puis un autre vers lui
Avec une lenteur douloureuse
Tandis que la lune dans son plein
Allume les yeux jaunes du chat
Au-dessus duquel est une horloge
Dont les aiguilles qui se détachent
Sur un cadran d'émail éclairé
Ont passé de peu la douzième heure
Le chat regarde les yeux de l'homme
Et l'homme voit le chat s'avancer
Avec cette lenteur qui témoigne
Que l'instant jamais n'arrivera
Où l'homme pourrait toucher le chat
Mettre un doigt en la chaleur du poil
Aller du front au bout de la queue
Dans un crépitement d'étincelles
Suscité par la caresse tendre
Mais tant dure chaque pas du chat
Que la mort se dit l'homme atteindra

La première peut-être le but
Qui n'est autre que son vieux corps même
Dont il sent que s'écoule la vie
Comme font l'eau du fleuve et les heures.

(1er mai 1981)

HOMARD

De pudeur autant que de peine
Ou bien de fureur rentrée
Le homard ainsi qu'un petit
Dragon bleuâtre que l'on ébouillante
Rougit à l'écarlate extrême
Et perd quelqu'une de ses pattes
Au fond de la marmite aux épices,

Mais tu prendras un marteau de bois
Pour casser le dur orgueil de ses pinces
Et te régaler d'une exquise chair
Tendre comme d'une bien-aimée.

(15 février 1989)

ALINE[1]

Sous un volcan canarien
Noces de la mer et du feu
Les yeux d'Aline sont si beaux
Que je perds la vue de ses lèvres
Les dispensatrices pourtant
De la parole et du baiser,

Ses cheveux sont une nuit vaste
Où l'on n'imagine plus rien
De tout le visage d'Aline,

Si Aline est encore énigme
Et voudra le rester peut-être
Comme il me plaît que soit la femme
Nourrice du songe érotique
Entité distincte des corps
Vanité des vanités même
Selon Aline et l'Ecclésiaste.

(16 septembre 1988)

ENIGMA[1]

Salutation au grand Giorgio De Chirico

Devant la mer calme comme une tombe immense
Et plus bleue que jamais elle ne nous parut
Il s'élève une tour pentagonale et rose
Qui n'a d'ombre qu'au pied signant midi terrible,

Cinq poètes hirsutes agenouillés devant
Chacune des cinq faces de marbre peut-être
Dont aucune ne porte la moindre ouverture
Caressent d'une main nonchalante un bélier
Roux qui pousse un bêlement long à chaque fois
Que remonte la main et lui saisit la nuque
Mais les poètes chantent une mélopée
Où l'on ne peut et ne pourrait distinguer rien
Sût-on toutes les langues vivantes ou mortes,

Un berger vient et va chargé d'une tondeuse
Mais l'interroge-t-on sur la tour à cinq faces
Les cinq poètes plus velus que leurs béliers
La fin qu'aura le rite s'il a commencé
L'homme ne répond qu'un bref trio de syllabes
« ENIGMA »
Puis au plus loin s'enfuit laissant là sa tondeuse.

(13 mai 1988)

ARDENTE NUDITÉ

La beauté n'est jamais sans feu
Et tout lieu lui appartiendrait
Où le voudrait-elle luirait
Le tison de sa nudité
Pour brûler les yeux de l'homme
Qui n'a su courber la tête
Au-devant de la touffe ardente
Et qui eût dû ouvrir à temps
La vanne aux larmes salutaires.

(31 mars 1979)

GRIS DE PERLE

Le gris de perle est un blanc grisé
Propre à la soie comme cette main
Dessus posée sur la pointe d'un sein
Dont la nudité sous la robe s'agace
D'un premier plaisir qui durera peu
Ou longtemps autant qu'il se pourra
Avant la reddition de la beauté totale
Épanouie dans l'effeuillement et la chute
Le dépouillement consenti
Sans nulle condition posée
Que d'user sans respect ni pitié ni répit
D'une peau blanche qui frissonne
Pluie de perles éparpillées là
Par la main qui rompit le collier
À l'envol des derniers lambeaux
Mouettes
Et le tapis persan n'est-il pas une mer
Qui reprendrait ses perles par des coups de vagues
Dans la furie d'un soir de viol?

Lumières de la chair de la mer et des perles
Reflets issus de la grande fleur soyeuse
Incarnation rose du gris de perle,

Éclairez une vie qui décline.

(19 février 1985)

Va facteur à tire-d'aile
Au quinze de l'Arc-en-ciel
Chercher parmi les hirondelles
Dame France Bonardel
Le savoir même et non moins belle.

VOIX DE BRONZE[1]

Par voix de bronze la statue colossale
Prononce en l'éclat du printemps :

Se le rappellent-ils c'était à la mi-mai
Peu avant de connaître l'Hercule de Cassel
Ouverte sur les arbres du jardinet
Une fenêtre incitait à sauter
Dans la paix de la petite rue
Sur la tête elle avait une perruque drôle
À laquelle on ne pouvait toucher
Sans qu'elle s'en allât pour ne revenir
Point elle riait son corsage
S'ouvrait seul aux battements de son cœur
Sur une combinaison de telle couleur
Que l'on disait tango naguère et qui n'est
Qu'un orangé où des seins nus dansaient
Jolis comme jamais ils n'ont cessé
Ni ne cesseront d'être
Et l'homme respecta la loi de la perruque
Qui lui valut de longs fructueux bienfaits,

Mais il va maintenant vers la porte de pierre
Dont ne l'écarteront les puissants souvenirs
Qu'autant qu'un peu de sang nourrira sa mémoire.

(29 mars 1986)

POUR CHRISTINE

Très chanceuse assurément parmi les femmes aimées est Christine, que j'imagine jeune et jolie comme sont jolis les jeunes poèmes qu'à son amant, son époux, Christian Péchot, pendant maintes années elle inspira et qu'il lui offre maintenant comme le plus ardent, le plus sensuel, le plus riant cadeau qu'un homme amoureux puisse offrir à une femme amoureuse, dont le bonheur est d'être sa conjointe.

> « Sur un damier de roches ardentes
> La dame blanche te dévêt
> Et te prépare aux noces d'argent de la lune »,

écrit-il pour elle avec une indéniable beauté dont je lui suis reconnaissant moi-même. Car, chose ou geste, ce qu'il a fait est très bien, et je voudrais que tout homme prenne exemple sur sa façon d'aimer, dans le triste monde de sottise et de brutalité où nous essayons de vivre. Christian Péchot n'a pas tort de se rattacher à Éluard, qui eût aimé Christine et Christian comme je les aime.

LÉGENDE I

Point mamelles encore
Les jolis petits seins de l'agnelle
Frémissent sous la main
Du brun berger crétois
Qui d'en jouer s'amuse
Si le Soleil est en Bélier
Comme au ciel de sa naissance
Et s'il sait qu'au moins de celle-là
Il sera cette nuit le mâle
Quand elle aura cessé de s'ébattre
Sous la lune qui cache les étoiles
Et fait égales femmes et bêtes
Dans le plein d'un grand clair qui s'égare.

(21 mars 1987 -
premier jour du Printemps et du Bélier)

LÉGENDE II

Autant dire que las est le gentil berger
De la Princesse Ariane et de Phèdre
Et de discours qui sonnaient un peu faux
Quand à la bique amoureuse elles jouaient
À quatre pattes pour l'exciter mieux
Dans le va et le vient courts des vagues
Sur des roches velues d'algues rousses
Le long du chemin où iront les vierges
Après dénudation comme il sied
Pour se rendre au minotaure violent
Qu'il incarnera sous un masque cornu
Au plus bas fond d'un antre épouvantable
Selon le rite et le vœu du Roi Minos.

VOILE BLANC

Le voile blanc d'une épousée
Recèle une pensée noire
Qu'il est trop tôt pour dégainer,

Si elle sait déjà
Son chemin prédestiné
Vers le cœur battant de l'époux,

Plein d'amour et de beau sang rouge.

(5 août 1987)

SOLAIRE SUN

Solaire Sun où qu'aujourd'hui tu sois
Présente jusqu'en tes absences même
Et moi dans une nuit d'où je ne sors
Ton clair œil illumine mon souvenir
Comme tes mots écrits comme ton rire
Apollinien tant mieux
Si de la Grèce au Grand Nord
À son éclat tu brilles
En te jouant de ton superbe nom,

Il me semble que tu ressembles à ton sol
Cette Suède fière que j'aime tant
Si dans les ans terribles où nous sommes
Elle demeure l'une des rares terres
Où ne se perdent ni le sens de la bonté
Ni son jumeau celui de la pureté
Vertus où se garde la nature sainte
Comme par neige feu et neige encore
Souveraine inviolée en la vaste forêt
Où le lynx est un chat ami de l'enfant,

Vertus dont tu es domicile élu
Sun et je crois le savoir
Depuis les soirs d'une Saint-Jean brûlante

À Stockholm où je te connus
Il y a près de vingt ans
Comment l'oublierais-je ?

Maintenant tu as un demi-siècle,

Tu passes gaîment le milieu
D'un beau mystère qui te réjouit,

Telle que tu es conserve-toi longtemps
Pour le bonheur de tes familiers
Bénéfique figure solaire.

BOUCLIER DE VIOLETTES[1]

Armée de tant d'améthystes
Que je ne la voyais vêtue
Que du reflet de ses pierres
Il me semble qu'elle marchait
Sur la sente de la guerre
Ainsi qu'une amazone nue
Sous un bouclier de violettes,

Pourtant je crois savoir d'elle
Que la voie unique où elle va
Est le grand chemin de l'amour,

Fait-on l'amour sans aimer ?

Je ne pense pas l'avoir fait
Quant à moi,

Quelles que soient ou eussent été
Ces amours comme instants d'été
Qui n'ont de printemps ni d'automne,

Et dans ce Paris immense
Où nous n'avions aucune chance
De nous trouver par hasard

Quand elle parut à mes yeux
Au coin du vieux Carnavalet
Comme apparaissait Nadja
Devant les yeux d'André Breton
Je me suis senti convoqué
Par une voix silencieuse
Qui n'était de femme ni d'homme,

Tout cela qui ne s'est passé
Qu'en une vision peut-être
Reçue le vingt et un juin
Au midi du jour le plus long
De l'an où je déambulais
Qui pourrais-je en remercier
Sinon cette image qui vint
Et qui s'efface en s'éloignant ?

Fantasme auquel je ne tiens
Que par un fait de va-et-vient,

Et ce qu'au papier j'en confie.

(1974)

AXELLE

Folle folie
Qui s'abat sur lui s'il
Sort de ce lit
Ouvre les yeux,

Déraison noire
Qui fait entrevoir
Tel être vieux
Lui peut-être
Et la fenêtre s'il l'ouvre
Un vieux hêtre là,

Qui marquerait le point de chute
Point de la connaissance ultime,

S'il cessait
De s'oublier à méconnaître
Ce que croit savoir de lui
Axelle qu'il ne connaît pas,

Tout ce qu'il fut ce qu'il est
Qui cesse d'être
À l'instant où rentrant au lit
Il clôt les yeux

Croit trouver raison en un rêve
Où se livre Axelle nue
S'ouvre sourit laisse faire,

Axelle qui
N'est pas ne fut ni ne sera
Jamais ne s'ouvrira
Au souffle en forme de vieillard
Qu'en veille ou rêve il est,

Promis au grand vieux hêtre
Qui n'a crû pendant tant d'ans
Qu'en témoin d'un dernier moment
Le sien
Peut-être,

Si d'un sien but il ne sait rien
D'une fin sienne
Rien,

Et Axelle si elle était
En belle vérité
Qui serait Axelle ?

(21 avril 1985)

DÉDICACE

au dernier apparu

Car l'âge ni le froid n'empêcheront ma main
De tracer ci-après encore mon nom vain
Que ne retiendra nul mémorial que l'on sache
Tant quelque gravité le goût folâtre agace.

SILENCE BLANC

Et quand viendra le silence blanc
Où la notion même de communication
Jamais ne fut ni ne sera jamais
Tout ce que naguère tu haïssais
Tu en regretteras l'absence
Amèrement,

Non moins que de cela que tu chérissais,

Dans la paix de l'illimitée désespérance
Dans celle du désintérêt infini.

(26 novembre 1984)

PASSÉ INDÉFINI

à Alain Jouffroy

Un songe immémorial nous rendra-t-il ces ans
Loin comme la mère Morte ou l'ère glaciaire
Où nous chérissions des beautés magdaléniennes
Dont la peau se parait d'ivoire de mammouth
Et tout le sang du ciel éclairait nos plaisirs
Sous un perpétuel feu d'aurores boréales.

PERCE-NEIGE

Peut-être un perce-neige
Percerait cette neige
Sous laquelle gît une nuit
De noir minuit
Un bourgeon de vie froide
Pâle lumière
Peut-être...

(17 septembre 1981 -
29 septembre 1983)

JACINTHES[1]

à J. D.

Tes jacinthes sont vives encore
Et l'haleine de la mort
Est un vol de colombes au ciel de janvier.

(18 janvier 1983)

SOUS LE VOLCAN

Sous la couronne d'une blondeur telle
Sous la domination de tels iris bleus
Depuis les pieds nus jusqu'au plus haut sa peau
Soumise à la règle de blancheur
Est pierre qui rayonne
Miroir d'impitoyable lait
Cinq heures après midi torride
Et le mot de Suède plonge dans un passé
De froid très ancien
Que n'émeuvent point les bras de la nageuse
Qui battent l'eau d'une piscine mexicaine
Où de nuit ondulent des serpents.

(26 septembre 1984)

SCELSI[1]

Parfois il nous parvient de Rome
Une musique à part
Hors de tout ce qui fut ou sera
Tout ce dont elle éteint tout écho
Dans le passé ou bien dans le futur
Indifféremment
Ni plus ni moins que sans répandre aucun sang
Le présent lourd d'une lame de sabre
Séparerait du tronc le chef d'un auditeur
Qui n'eût pas mérité d'entendre,

Si telle musique romaine
Est un ensemble de sons graves
Qui ne sont pas sujets d'un chef
Mais sont fils d'un père,

Que je révère
Oui,

Une musique monotone parfois
Comme fut le bruit de la création
Interminablement
Avant qu'un système auditif

Fût là qui pût percevoir le temps
Noué en maints nœuds de serpent,

Monotone sublime en variantes
Quand autour de la note unique elle enroule
Puis déroule pour enrouler de nouveau
Des bruissements particules de temps
Projetées dans l'accélérateur
À des fins qui vont à l'infini
Cette musique qui de Rome vient,

Et qui sait ce que nulle peinture ne sut :

Faire éclater le temps des pauvres hommes
Pour retrouver l'unité dans l'épars,

Musique où par gongs et tambours
À partir d'un néant est construit
L'édifice qui n'existe pas
Le temple qui est résonance abstraite
Le globe de pure essence
Dans lequel les instruments à vent
Ponctuent le tissu harmonique des cordes
Et la beauté s'accouple à la bonté
Comme prière
Puis s'unit à la cruauté suprême
Impitoyablement
Jusqu'à ce que l'oreille ait perçu
Le froid de la nudité blanche,

Blancheur qui est connaissance et lumière
Blanc qui plus que toute couleur est son
En demeurant la plus terrible des couleurs
Puisqu'elle est l'incolore même
L'inexprimable que le son seul exprime
En toute nudité

Celle-là que la frappe du gel
Offre insensible à l'ouïe qui la suit
Comme main en ses métamorphoses,

Concert céleste au sens meilleur du mot
Ou dirait-on stellaire
Dans ce temps d'esprit trouble où nous sommes
Mais où je crois me souvenir
D'avoir reçu le don mystérieux
Quelques très rares fois et surtout
Au contact de l'âme qui s'enchante
En la musique de Giacinto Scelsi.

(28 novembre 1984)

COUVRE-TERRE[1]

Sur ton chapeau bleu-ciel
Aussi grand que le ciel
Toute nue comme une jeune fille
Pauvre qui va vers son premier amant
Jolie Mort
Souriante parce que tu n'as
Pas de quoi cacher tes dents blanches
Sais-tu seulement
Qu'une poupée d'ossements
Ne peut être nue pour un homme ?

Mais sous le drap de pierre
De sa chambre dernière
Tout homme t'épousera
Dès qu'il aura quitté
Ce faux semblant de nudité
Qui est notre masque précaire
Le tien le mien ô mon frère anonyme !

(26 octobre 1981)

NOTRE EUROPE

Rieuse Europe Europe trop légère
Où vas-tu si nue sur cette mer troublée
Comme par le coup d'œil d'un Dieu
Qui eût été jaloux de ton miroir ?

Assise en amazone pour mieux te faire voir
En quel espace ou temps que nul ne sait vas-tu
Toi qui tiens à deux mains
Sans effort que l'on sente
Le guidon de moto des cornes du taureau
Où vas-tu notre Europe ?

Le mâle motoscaphe où va-t-il te conduire ?

Femme seras-tu proie du violent velu
Courbée sous la ruade après la sommation ?

Vas-tu mourir au bord où tu seras laissée
Europe chérie des peintres et des poètes
Toi qui pendant plus de vingt-cinq siècles
Offris à tes amants beauté si généreuse
Qu'à flots encore elle déborde
Des musées autant que des bibliothèques
Comme gorge splendide hors du corset défait ?

De te défendre il ne nous semble point
Que souvent souci te soit venu,

Ris donc Europe tant qu'il t'est permis
Ou galamment souris le plus tard qu'il se puisse...

Emporte-nous avec toi sur les eaux
Nous qui peut-être ne sommes rien
Qu'un faible écho de tes fêtes passées.

LUNE NOIRE[1]

(première version)

Un rectangle de marbre se voit pourtant,

Nul n'a besoin de lumière
Si c'est le mal qu'il veut faire
Dans la nuit du cimetière.

(13 juillet 1979)

LUNE NOIRE

(version définitive)

Lune noire,
Un rectangle gris se voit pourtant
Qui à midi sera de marbre blanc,

Mais quel besoin de lumière
A-t-on pour bien ou mal faire
À la mi-nuit du cimetière ?

Quand les peuples de l'ossuaire
Dressent un échafaud d'ivoire
Pour porter au plus haut d'en haut
Une rosace qui s'étoile
Et qui est un couple d'amants
Conjoints dans le jardin tombal
Dès la clôture de l'ombre
Effeuillés dans leur bienfait
Aux quatre vents de la croix
Épanouis dans leur bien-être
Sur le lit d'une longue pierre,

Sans avoir su ni voulu
Garder leur belle fleur nue
Contre le méfait des regards
La malencontre d'un poignard.

(30 juillet 1979)

HISTOIRE DE MAINS

La clé d'elle qui la lui offre
L'avait-il requise
Humblement hier
La prendra-t-il
Par espoir de demain
Cet homme à genoux comme il sied
Quand la dame soulève assez
Sa jupe longue pour que là se glissent
Mille rats ou bien
Non moins de mains
Plus vives d'être affranchies des bras
Qui les avaient portées peut-être
Au soir d'un passé dont nul n'a souci
Devant un avenir qui seul importe,

Leur futur est dans un lieu ceint de murs
Où va se précipiter le présent
Courant fou d'empoigne ou de caresses
Dès qu'aux mains jointes du quémandeur
De la main haute de la désirée
Laquelle tait ses tourments intimes
Tombera la clé gage des temps
Qui sont trois et pourtant ne sont qu'un
Si c'est l'actuel qui préside au château

Dont la porte obéit à un code
Issu du fossé des légendes,

Et l'ambigu de la terre et du ciel
Confond la dérision du couple,

Au coin d'une tourelle est un mont bleu
Qui brandit sur fond de même un arbre
À quatre branches onglées de feuillage
Mais le cinquième doigt est mutilé
Pouce tranché au ras de la phalange
Et le bras ou le tronc s'enracine
Dans l'azur de l'immémorial,

Ce futur que l'on a pressenti
Ouvert qu'il fut par la lettre et le chiffre
Qu'un mythe antérieur à l'Histoire
Fit gardiens stricts de la serrure forte
Coupé qu'il est de marches d'escalier
À moindre intervalle qu'entre les pétales
Sur le cadran de la plus simple rose
Quand il s'épanouit c'est au mitan
D'une chambre où le point de l'ovaire
Est un lit jusqu'à terre drapé
Où celui ou celle qui repose
Crispe dessous sans doute sa main droite
Tandis que la gauche en dessus
Simule une araignée qui explorerait
Les vaux et les monts du tissu
Chanvre ou lin peu nous chante n'est-ce pas
Mais tant escarpé que l'œil qui voit verrait là
Moins un lit qu'un plateau de la lune,

Par terre le vase ignoble qui s'exhibe
Est si près qu'une main qui de sous le sommier

L'escamoterait aurait bonnes grâces
De l'œil qui fait exister tout,

Or le papier ou le parchemin
N'a de cesse qu'il n'ait proclamé
Que tel œil qui n'est dans les cieux
L'œil des dieux ou bien l'Œil de Dieu
S'est dédoublé pourtant en ceux d'un sire
Dont une main petite tient bâton
Tandis que l'autre qui ne tient rien
Grande s'ouvre ainsi que ratière en l'air
Comme afin d'y prendre pipistrelles,

Malgré la trique on se fierait du sire
N'étaient ses mains deux sœurs étrangères
Par fermeté par tremblement fiévreux
À quelques doigts du songe du dormant
En train de parcourir un chaos plutonien
Où des laves eussent pris forme de blancheur
Sous le rabot des âges glaciaires,

De la barbe du sire on se fierait
N'étaient ses yeux tant vieux tant chassieux
Qu'ils ne laissent subsister que vide
Et que s'ils voyaient ce ne serait qu'en lui-même
Sur l'écran gris où s'encadrent de gris
L'immanence d'une haine tendre
L'impénitence des crimes de cœur,

Entre le rêve du dormant
Et la rêverie du sire
La distance est plus courte
Qu'une longueur de trique,

Quant à savoir si le dormant est l'orant
Ou s'il ne serait plutôt cette dame

Qui justifia le sire et le château
Mais coiffée d'un bandeau de nuit étoilée
Nul voyant qu'il soit poète ou non
Ne saurait au guet du drap le dire,

Si tout s'effrite par le fait de larves
Qui depuis des siècles mangent un bois
Où l'on ne grava que des fragments de l'histoire
Que nous aurions voulu retracer
À partir des papiers ou des papyrus
Qui supportèrent son illustration
Mais qui tombent comme nous en poussière,

À quatre mains d'ans du millénaire neuf.

(24 juillet 1979)

Joséphine qui lui tirait des traits de Parthe
Ajoutait comme un peu de poivre sur la tarte
« Napoléon ne fut jamais que Bonaparte ».

LIBERTÉ

Rouge, orangée, verte, te voilà, Liberté,
avant le bleu céleste, foncé ensuite, où je
sommeille, vieux libertin, face au noir
minuit, ma curiosité, mon espérance.

FIN DE L'HIVER

À la fin du sixième
Ou au septième mois de sa grossesse
Des oies sauvages volaient vers le Nord,

Un haïku lui a percé le cœur
Elle est chue sur la cendre des saintes.

LE NOM DE CONSTANCE

à Yolaine Dorise

Parmi les plus beaux noms proposés sous le ciel
Brille d'un éclat d'une splendeur mate
Celui de Constance
Avec lequel dansait ma pensée
Puis se prosterne devant la neuve née
Trésor de tout le sérieux du monde
Tourbillon de sagesse autour d'elle,

Lac frontière des pays germaniques
Tour sous le dur soleil d'Aigues-Mortes
Nectar du Cap libation du poète,

Constance digne de son nom fier
Aimez aimons Constance
Qui nous ouvre la voie.

(14 mars 1990)

HUNDERTWASSER[1]

Entre ma vie et ma mort, de la terre au bleu du ciel, le tronc brun de l'arbre vert, surgi de l'or et du noir, de la nuit et du jour blanc, dresse un chemin flamboyant, issu du fond de mon œil, bordé de mes fleurs de joie, brodé de mes amers pleurs, et nul ne sait où il va, ni quand il aboutira, sauf celui qui l'a tracé, de son souverain pinceau, mon frère le clair voyant, altier autant qu'il est humble, Friedrich Hundertwasser.

(12 septembre 1982)

TÊTE D'OR

Un vaincu parle :

Toi Tête d'Or qui hantes ma pensée
Depuis que nos gens ont capitulé
J'ai rêvé que tu étais amenée
Par des guerriers brutaux et basanés
Dans le secret de ma chambre fermée
Les poignets derrière les reins liés
Captive et que j'étais moi condamné
À te contempler aux vainqueurs livrée
Comme une qui va être sacrifiée
Ou tout au moins dans sa pudeur blessée
Mais tes yeux bleus brillaient à cette idée
Au pilori je t'ai vue enchaînée
Tes cheveux ont été échevelés
Ta bouche bée a tôt été baisée
Et ta langue ne s'est plus refusée
Une fois que tu as été souffletée
Puis ta blouse toute déboutonnée
Sur les poignets a été repoussée
En proposant ton torse dénudé
Ta ceinture au ras des pieds est tombée
Ta jupe ouverte a été retirée
Ta petite culotte est arrachée

Tu te sens par maintes mains explorée
Tes seins nus sont saisis et soupesés
Ton ventre nu est partout caressé
Tes cuisses nues se trouvent écartées
Dans ton sexe deux doigts ont pénétré
Dans ton anus un autre s'est glissé
Sans rébellion de ta croupe empaumée
Tu as gémi un peu d'être branlée
Ainsi jusqu'à ce qu'on t'ait détachée
Et que sur le lit tu sois allongée
Laissant patiemment ton corps exploité
Ouvert en tous points un seul excepté
Qui est celui de tes yeux refermés
Dans le bonheur enfin d'être violée
Sans aucun mot sans cesse et sans pitié...

(8 septembre 1981)

CONSOMMATION

L’odeur d’un acacia fleuri
Sur une couronne d’épines
Remet soudain en sa mémoire
Des branches qui embaumaient
L’air d’une chambre sans pitié
Où il ne venait vaincu
Que pour être jeté nu
Devant la nudité du joug
Qui allait lui être imposé
Par la femme victorieuse
Heureuse de le souffleter
Après qu’il eut baisé le fouet
Qui devait cingler ses reins
Et qu’on eut lié ses poignets
Puis qu’on l’ait couché sur le dos
Pour enfourcher son visage
Entre deux cuisses fort musclées
Sous la croupe de l’amazone
Qui l’obligeait à lécher
Son anus et la vulve humide
En le chevauchant jusqu’à
Le forcer à crier grâce
Ce qui tant la faisait jouir
Qu’elle prenait le grand galop

Sur les lèvres du patient
Pour l'entendre gémir encore
Et pour le sentir se débattre
Tremblant priant et suppliant
Dans l'étau qu'elle resserrait
Jusqu'à redoubler le plaisir
Et jusqu'à l'ultime effusion
De son urine sur la face
Du mâle sous elle asservi
Livré sans défense aucune
À la vexation plus blessante
L'homme dont elle avait usé
L'homme consommé compissé
Objet sujet jouet déchet.

(1er juin 1979)

ANHYDRE SOLITUDE[1]

Infime repentir de l'air
Poire minuscule d'angoisse
Toute goutte de pluie
Pourrait être le miroir
De la sécheresse ultime
Anhydre solitude,

J'aurai trop aimé la vie
Pour n'aimer pas la mort,

Situé entre l'autre et l'une
J'ai su les phases de la lune
Les fièvres de la terre,

Par le blanc savoir et le noir
Mars et Vénus en moi
Se jouaient du rets de Vulcain,

Le feu et l'eau sang de Caïn
Jusqu'à la paix d'Abel enfin
Désert du Bien sans le Mal,

Au vrai sens du mot *wilderness*
Sauvagerie sans limites.

(8 septembre 1981)

Les Portes de craie

POUSSÉE DE PRINTEMPS

à Bona

Le vingt et unième de Mars
Quand il fait nuit et jour également
Quand à genoux comme fille docile
Courbée pour recevoir le mâle dur
Le Bélier s'ouvre aux assauts du Soleil
Lentement s'émeut une porte céleste
Dont la blancheur avec le monde tourne
Semant partout une semence blanche
Telle que l'on pourrait écrire sur le sol
La septième vérité que nul n'entendrait
Parce qu'elle passe l'imagination
Pourtant sous le poudroiement blanc
De ce fard de geisha qui tombe et retombe
Et fertilise aux pieds des seigneurs arbres
Les coins tendres où croîtront les champignons
Mangeables ou mortels qu'importe
À la folle quête des chercheurs de cèpes
Oronges russules lépiotes lactaires
Mousserons jolies blondes chanterelles
Sous l'or pourprée qu'effeuillera l'automne
Certaine poussée de printemps demain

Visible à l'œil du seul voyant
Est plus singulière :

Car celle-là n'est que blanches poupées
De chair pareille à celle de l'agaric
Ferme et fragile à la fois qui surgirent
Verticalement de la terre tenace
Où restent enracinés leurs pieds
Qu'il faut dégager de l'humus
Doucement pour les cueillir intactes,

Déterrées les bambines on flaire
Une odeur qui affame les sens
Mais l'étrangeté principale qu'elles montrent
Est qu'elles sont dépourvues de bras
En sorte que leurs belles lisses épaules
S'arrondissent du cou à la taille
Jusqu'à la croupe bien bombée
Jusqu'aux cuisses soudées dirait-on
Appas à caresser de la tête aux pieds
Par frôlements de son nez ou des lèvres
En se refusant à l'envie de mordre,

Nul poil en nulle part sur la procacité
Rien qui ressemblât à une peau
Sur la nudité absolue
Les yeux sont deux grandes perles blanches
Incapables du moindre mouvement
Comme le tout de ces petites choses
Qui n'ont de saillant pas plus que d'orifice,

Féminines pourtant par de nymphesques traits
Presque ébauche de seins ou d'aisselles,

Issues d'un bâillement du ciel de craie
Donnons-leur le joli nom de fongiennes

Si de vie propre elles n'ont
Qu'autant qu'une grosse vesse-de-loup
Et sont comme elle sujettes
Au pourrissement obligatoire
Après avoir été proie des insectes
Jusqu'à s'en trouver répugnantes,

Les enfants semblent ne les distinguer pas
De l'ordinaire du sous-bois
Ou bien s'ils craignent et feignent
Qu'il n'y ait sur le tapis des mousses
Rien qui retienne un grain d'attention,

Le peintre Ducornet qui naquit sans bras
Eut-il le don de voir les fongiennes
Ses naturelles sœurs aux yeux d'orient blanc
La chose est peu probable mais
Il s'en fut réjoui dans son vieil âge
Consolé d'avoir été phénoménal
Et glorieux à raison de son œuvre,

Puisque c'est en éduquant bien ses pieds
Qu'il peignit dessina grava par eux seuls
Une belle vie d'homme durant,

Sous cette apparence de voûte
Que d'aucuns nommèrent Huitième Ciel
Et qui d'un cristal frêle contiendrait
Les fureurs des grondantes mers
En attente du dernier déluge.

(11 septembre 1987)

GEAI

Au sous-bois s'il s'envole un geai
Coup de lame du bleu de l'aile
Lancé dans l'ombre des branches
Il semble qu'il t'ait blessée à vif
Et dirais-tu il dit des mots
Échappés d'un langage humain
Moins masculin que féminin pourtant
Que peut-être tu pourrais comprendre
Quoique nul n'y ait entendu jamais
Rien mais la jacasserie qui se perd
Comme se perdent poèmes ou discours
Laisse en toi une profondeur triste
Vers laquelle et vers la mousse du grand lit
Penche ton beau visage femme aimée
Quand du somnifère tu te déchaînes
Et qu'ainsi le songe sylvestre s'enfuit
Verte lueur sous la porte de craie
Qui va tourner pour ton éveil proche.

(21 septembre 1985)

BELLE MAUSSADE

La grenouille à ventre jaune
Son cri mille mille fois jeté
Pour l'exaspération de ton ouïe
Ô jolie fée maussade
Note de flûte qui naîtrait
De la forme d'un ventre de violon
Échoué au marais de ton rêve
Baigné d'un courant de lune pleine
Qui t'envahit par la fenêtre aussi
Laissée ouverte dans un espoir de fraîcheur
Déçu déjà comme toutes tes espérances
Dans tous les temps passés ou à venir
De ta vie de belle maussade
Au jardin des sept portes de pierre.

(1er octobre 1984)

HÉROÏNE

Ce n'est pas la fleur qui tombe
C'est sa parure de pétales
Quand son doux ventre grossit
Ovaire du pavot blanc
Dont tu sortiras un jour
Jeune éblouie,

Mais ce qui non loin de toi
Brille déjà
Est un tombeau de marbre neuf
Dans une forêt vaste et vieille,

Le tombeau de l'héroïne
Que tu seras contre ta volonté
De n'avoir qu'une vie de plante entre les arbres
Communément obscurément
Innocemment longtemps
Au pied d'une porte de craie.

(28 octobre 1984)

PENSÉE QUI S'ÉTEINT

à Sibylle

Un ange ému peut-être par la rosée
D'une aurore qui te ressemble
Voltige sur les anémones sylvestres
Comme de ces beaux grands papillons
Que jadis rapporta mon père du Brésil
L'un eût pu faire avant qu'une épingle de nonne
Ne l'ait changé en chose de vitrine
Et tandis qu'au profond du sous-bois tu vas
Tes pieds et ton regard sont attentifs
À ne casser aucune tige s'il se peut
De ces fleurs que l'on dit vénéneuses
Mais que nul ne s'inquiétât de savoir
Si vraiment il est des anges assez nains
Pour se confondre avec des lépidoptères
Voilà de quoi surprendre l'œil de Dieu
Ou même le mettre en un pleur de colère
Annoncé par l'éclair entre les branches
Pensai-je d'une pensée qui s'éteint
Tandis que sur le monde le jour monte
Malgré l'ombre des portes de craie.

(1er mai 1985)

NOIR ET BLANC

Au bas d'un tertre chauve
Où des archers jadis lièrent
Puis oublièrent dans les nœuds
Au poteau des exécutions futures
Un poète muet qui parle par ma voix
Le blanc d'une hâtive floraison
De mille cerisiers frêles
Jusqu'au début d'un vallon gris
Est un blanc plus rosé que celui qui viendrait
D'une chute tardive de neige
Profère le poète captif
Et point ne s'y trompe non plus ce merle vieux
Qui voudrait un décès décoratif
Par contraste du blanc avec son noir plumage
En s'agrippant tant qu'il le pourra
Non sans soubresauts bien joués
Aux rameaux demain riches de fruits
Puis se laissant choir sur un lit de pétales
Comme pour prendre son dernier vol,

Mais une aïeule imprudemment sortie
De là où l'on veille sur elle
S'aide à marcher d'un bâton tant noueux
Qu'on y verrait combats sculptés de monstres

Cornus plusieurs où s'appuie sa main
Pour quelques pas dehors et quelques mots
Hasardeux dont le sens pourrait être
Que le temps d'à présent n'est plus le temps passé
Ni la saison d'aujourd'hui celle d'hier
Et que tout va au rebours de l'endroit
Si le pain même n'a plus goût de pain
Si les criminels usent des mots divins
Pour accabler les victimes de l'âge
Ceux qui sans faute tombent
Au vaste trou d'une porte de craie
Qui n'a gardien ni garde-fou
Et dont l'ouverture demeure un mystère
Où toute sonde se brise,

Sa déraison est presque juste pourtant
Puisque sauf quelques anciens voyants
Et les plus simples de nos frères primitifs
Nul ne reconnaît la mort ni son emblème
Dans l'infinie beauté du blanc
Fleuri par la nature ou descendu du ciel.

(14 avril 1986)

SUPPLICE DE LA ROSE[1]

Vierge le mot lui vient à l'abord d'une rose
Blanche cruellement par le fait d'or vert
D'une cétoine qui ne l'a pénétrée
Qu'afin de manger son tendre intérieur
Avec une application criminelle
Sous un ciel à l'air de linge lavé mal
Étendu bas sur le supplice de la rose
Et la femme efface le mot de vierge
Qui à ce qu'il paraît plus ne convient
Mais c'est avec émoi qu'elle contemple
Le jeu du puissant prédateur
Qui piétine la victime qui s'effeuille
Et n'est-il pas gracieux se dit-elle
Gracieux oui
Que la fleur soit le propre lit de son stupre
Et de sa dévoration par le doré
Qu'elle saisit puis pose sur son doigt
En pensant à la bague qu'il s'en ferait
Après ablation des pattes remuantes
Épinglement des élytres sur les ailes
Mais sans tuer l'insecte tout à fait
Pour que sur le joli anneau persiste
Cette infime motion d'antennes courtes
Comme signe crispé d'une douleur

Imaginable à peine en la gemme vive
Don du bien et du mal naturels
Quand de l'aurore surgit la lumière
Et qu'elle frappe la porte de craie
Laissée par les eaux de la préhistoire.

(12 avril 1985)

PIERRE HÉMATITE

Pierre de fer noble pierre hématite
Noire comme perle noire mais qui
Jette un feu de sang ou de braise
Quand en l'air la tend indicatrice
Le doigt fier d'une femme un peu fauve
À peine voilée d'une soie indienne
Qui la gainant frissonne de toucher
La nudité terrible qui va surgir
De sa prochaine chute
Au terme d'une minute longue
Discret plaisir
Par elle passionnément goûté
Si déjà le vieux amant est là
Préparé par trois gardiennes moresques
Averti du futur qui l'attend
Dévêtu puis lié à deux pieds et aux bras
D'un luxueux fauteuil Louis seize
Et si la dame comme au conseil de sa bague
Qu'elle tourne retourne sous ses yeux pâles
Ordonne de marquer le déchu
Du chiffre soixante-six au fer rouge
Nombre des tristes ans de son âge
À la place où dessous bat son cœur
Mais pour lui l'échéance n'est que

De se confondre avec l'ombre des ombres
Dans une brume du val aux décombres,

Par feu par fer aussi forgé fut le filet
Où Vulcain prit Vénus et Mars nus et conjoints
Pour montrer à tous les Dieux leur bel orgasme
Soleil en Lion comme il convenait,

Le lit était borné par deux portes de fer.

(4 mars 1985)

ATALANTE VICTORIEUSE[1]

Translucide sinon transparente
La pierre des portes dernières
Dont l'une pour toi demain pourrait s'ouvrir
Luit dans le sous-bois de ton imagination
Comme chair de champignons rectangulaires
En une nuit crûs hors de la mousse
Tapis moelleux de la rêverie encore
Où tu pourchasses une Jurassienne jeune
Dans l'espoir prise sous toi là de l'étendre
Pour ton ardent plaisir si durait l'illusion
Qui ne paraît qu'en des lundis de pleine lune
Mais l'astre ce minuit avait un feu cruel
Où s'essouffle ta course tandis
Que de l'Atalante les fières jambes nues
S'éloignent sous le couvert noir des sapins
Et c'est en vain que tu invoques
La lettre J qui commande le code
De tes bonheurs secrets selon un chiffre
Que tu tiens d'Astarté même
À son premier plein de printemps,

En vain
Et sache bien

Que l'Atalante quatre-vingt-dix neuf fois
Sur cent se joue de son vaincu
Comme lynx d'un renne à genoux.

(17 avril 1986)

ATALANTE VAINCUE

Sur cet appui de mousse la raison trébuche
Le toit des branches se referme
Tire au noir,

Sapinière où sous les rameaux sombres
Tu suivis la course d'Atalante
Nue sauf le voile où s'inscrivait son allure
Selon le flottement d'un lambeau
Au-dessus de tant de champignons
Multicolores sauf quelques ombelles blanches
Qui pourraient être mortelles te disais-tu
Et par bonds s'élançait une beauté
Terrestre aérienne ignée
Désireuse moins d'or que de perdre l'épreuve
Pour le bonheur enfin d'être vaincue
Défaite par autorité de main d'homme
Parcourue comme un labyrinthe de chair
Violée de viol insatiable
Selon son vœu sur lit de marbre
Porte de craie horizontale
Dalle souillée du flot des jouissances
Au fond du temple de la Grande Déesse
Déméter
Dont avec son vainqueur Atalante fera

La paire de lions roux
Au divin char attelée,

Nombreuses sont les dalles de pierre
Visibles seulement à l'œil de l'inconscient,

Planes dalles qui ne s'ouvrent que pour
Offrir à quelque patient
Pareil à l'auteur sinon au lecteur même
L'incarnation fabuleuse du mythe
La roide réalité d'une vision
Que la salubre odeur des conifères
Préserve seule d'une idéale mort
Tant que d'amour flambera l'ardent feu
Qui meut le sang de l'un sinon de tout autre
Comme au cosmos il conduit les étoiles.

(21 mai 1986)

Cuevas blues

Sur le fer du grand lit
Où pèse le poids de mon corps
Derrière les pétales rouges
De l'alcôve qui me contient
Et que ma rêverie effeuille
Ma main comme une main de mort
Soulève la robe de deuil
De la maternelle insomnie,

La conscience abdique
La salle de projection s'illumine,

Dans l'étroite ruelle du Triomphe
Devant un mur à lucarnes de putes
Je vois ce grave enfant de février
Qui sera mon ami José-Luis Cuevas
Et qui n'avait cesse de griffonner
Tant qu'il pouvait garder les yeux ouverts
Sur tout ce que lui portait le vent
De l'atelier d'en dessous
Où se fabriquaient des confettis
Dont maints déchets entrant par la fenêtre
Déroulaient maints aériens reptiles,

Je vois l'enfant regarder gravement
Qui semblaient issues du bois d'un carcan
Fardées de blanc de charbon et de pourpre
Des têtes de femmes épouvantables
Au-dessus d'un flux d'urine d'hommes
Ignorant s'ils les prendraient pour cibles
De leurs longs revolvers d'argent
Ou s'ils se payeraient le plaisir
De les vexer au fond de l'étable
Après les avoir tirées hors
Des fausses lunettes de guillotine
Et l'enfant dessinait sans pitié,

J'ai su qu'il vit mourir un homme là
Près de qui fut mis un petit cierge
Avant que la police n'arrivât,

Le premier mort qu'il ait regardé,

Je vois le jeune José-Luis
Donner l'ordre à la jeune Mireya
De poser pour qu'il la dessinât nue
Et je le vois qui ne souriait pas
Quand il eut vu qu'elle lui faisait signe
De venir à côté d'elle nue
Sur le lit de la pose
Et qu'elle lui caressa la main
Tant qu'il se dévêtit
Pour une première fois
Qui le laissa tout comme auparavant
Dans le sérieux de sa solitude,

Je crois voir grandir mon ami Cuevas
À qui son cœur pour malicieux qu'il soit
Consentira j'en ai sûre croyance
D'atteindre au plus macrobien des âges

Sous condition de ne vivre que pour
Le papier qui s'anime sous la mine
Tendre ou dure de graphite ou de plomb
La plume fine le crachat de seiche
Et de dessiner à perpétuité
Comme devait errer le Juif errant
Damné sans recours s'il s'était reposé,

D'ailleurs ce cœur palpitant que j'évoque
Sait-on que c'est comme seiche à la nage
Qui va cracher son encre dans l'eau claire
Pour s'entourer d'une ombre nuageuse
Sait-on qu'il ressemble au petit calmar
Dit encornet et même galimart
À l'encrier que des écoliers hier
Portaient près du poignard à leur ceinture ?

Jouer du dessin comme au jeu de lame
Dessiner comme on tue
Eût pu dire un homme qui disait qu'il
Tuait comme on respire
Et la règle aztèque n'était-ce
La table de pierre et l'arme d'obsidienne
En dessous au-dessus d'un corps nu
Sous l'œil roux du soleil qui contemplait
Le sang du sacrifice d'où naît la vie
J'en prends à témoin Coatlicue ?

Tirer d'un trait le trait de sang
Qui va sacrer une vision cruelle
En soulignant l'étymologie
Voici le rare exemple ou la leçon
Dont je perçois la figuration
Signée par mon frère mexicain,

Alors j'imagine ou je crois entendre
Sous les notes d'un piano-forte
Manié par un sosie de Thelonious Monk
Des litanies de lignes sonores
Qui sont autant de sombres degrés
Dans la spirale d'un escalier
Par où descendra José-Luis
Dans l'abîme de son terrible cœur,

À la recherche des monstres d'en bas
Cauchemars surgis au fond de la fosse
Autour du pied de l'escargot banal
Mais dignes seuls d'être portraiturés
En récollection de soi-même
Leur pareil obscur
José-Luis Cuevas
Wanted
Ainsi qu'il est proclamé hautement
Comme par un qui s'affiche ou s'expose,

En miroir de son exhibition,

Monstres tels qu'ils ne se montrent jamais
Sauf à l'œil bleu d'un voyant solitaire
Où leur beauté s'inscrit dans le silence,

Au rebours des rafales de gammes
Soulevées par les souffles de là
Du niveau le plus bas,

Monstres muets qui n'ont été soumis
Jamais sauf à la sévérité stricte
D'un dessin qui blesse par acuité
Et qui semble avoir été aiguisé
Afin de mieux définir le crime,

Leur enfer qu'est-il donc
Sinon la feuille qui fut arrachée
À l'azur du grand livre du ciel ?

Je tourne cette page et je retourne
En arrière pour retrouver
Un fantôme qui fut adorable
Bessie Smith l'énorme pute
La sainte noire sous le strass et les plumes
Bessie qui saigna dans le Sud
Mourut exsangue
Assassinée par ceux de la peau blanche,

Bessie modèle élu
Citée par moi ce soir
Au tribunal de José-Luis
Dont les implacables figures
Passent en outrageant cortège
Ferment tout à l'entour la ronde
Hallucinent mes yeux de vieux,

Qui se troublent à mon déclin,

Et comme saoule de son gin
Je crois l'entendre qui hurlait
Down hearted blues
Bleeding hearted blues
Si j'ose écrire en écho
Cuevas blues
Mandiargues blues
Sachez que c'est par désir
De ne me dissocier pas
Du grave artiste qui m'inspira
De celui que j'aime et j'admire.

(26 novembre 1980)

Sept Jardins fantastiques

I

Dans le premier jardin l'eau d'un canal s'écoule sans raison que de justifier sous le toit d'une station ferroviaire de la Rome antique la présence d'un pont sur lequel bâille la nudité d'une fille encore mal habituée au poids et au roulis de ses seins.

— Aimer, lui dit celle qui manie une grappe en trempant la pointe de son pied nu dans l'eau… Veux-tu que maintenant je t'aime ?

— Pas maintenant, dit la jeune béante. Après l'amour tu t'en irais et je resterais seule avec le bruit de l'eau…

La troisième patauge et sa croupe nue est en accord silencieux avec la crête d'un paon et la spirale d'un serpent.

II

Au pied de l'arbre primordial, les ramées du second jardin font une couche agreste où reposent trois nudités plus grandes que nature dont on ne voit que deux des six bras qui normalement leur appartiennent, et d'une main et de l'autre également caressantes ces bras joints en manière de joug unissent le masque de la mort et la tête de la philosophie en sorte que le regard de Platon ou d'Aristote plonge dans le vide des orbites de la camarde et que le serpent perpétuel s'allonge au-dessus de la croupe d'une sphinge.

III

À l'italienne, le troisième jardin est un Tivoli tombé des airs, une Villa d'Este surgie des eaux, où font parade à tous les étages d'un théâtre de verdure onze beaux monstres féminins, plus gracieux que filles vraies, plus généreux que femmes faites, qui n'ignorent pas que sous l'attrait démesuré de leurs seins et de leurs cuisses des galants vont paraître dont les restes osseux seront incorporés au relief du lieu, derrière le bleu bassin où après avoir croqué les yeux du dernier amant iront se baigner ces hybrides d'un règne végétal et d'un règne animal qui jamais n'existèrent que dans la rêverie féconde d'un peintre poète.

IV

En quatrième point j'en vois une qui
Aiguise les griffes qui lui sont venues
Par le furieux vœu d'être bête nue
Et de ne plus marcher que sur quatre pattes
Pour mettre bien toute son âme en sa croupe
Et l'offrir en miaulant son nom Léone,

Lucinde est celui de l'autre qui gît
Longue et caresse du doigt son tendre ennui
Le jardin a paré ses cheveux de fruits
Prématurés au seul clair d'un plaisir froid.

V

Au sommet d'un petit temple néo-romain où la divinité chérie serait moins Vesta que Vénus, deux chevaux qui ne sauraient être que des cavales à la crinière blonde et bouclée, à la prunelle mouillée, ont bondi hors du marbre et du feuillage au flanc d'Évelyne sur le fronton assise toute nue et qui présente à l'opposé de son regard un fruit dont la tentation est mineure à côté de celle exercée par ses seins qui font peser sur moi comme des yeux les voyants gais de leurs mamelons cependant que j'écris... Aimer Évelyne... Aimer ses seins, ses cuisses, ses cavales, trois paires d'appas corsés, hardis, exaltés dans le bleu du ciel au-dessus du cinquième jardin...

VI

Ici, le jour a baissé derrière des troncs obscurs et de sombres pilastres, le vol silencieux de l'oiseau se confond avec l'ombre, les calices d'énormes belles-de-nuit partout s'épanouissent derrière la nudité de la grande beauté nonchalante dont s'arrondit la croupe comme une montagne claire et quelque serpent s'y intéresse, oui, mais non pas l'être monstrueux tapi derrière une colonne comme la matérialisation d'une idée de la préhistoire en la tête vague de celle qui s'est mise nue avant de s'étendre sur le sol. Le jour s'en va, mais l'été pèse lourd. À la base de ce sixième jardin quinze visages de jeunes victimes sont entourés par autant d'anneaux d'un long double reptile dont les queues et les têtes se sont perdues en marge de notre vision. Point de pitié pour elles !

VII

Assurément, ce n'est pas sans raison qu'un crâne couleur de peau occupe le point central du septième jardin, sur une mare de liquide verdâtre aussi dense que du mercure puisque l'ossement capital y flotte et que celle qui feint de se baigner s'y appuie et ne mouille pas ses mains qui jouent avec des vaguelettes de clarté. Une fille dévêtue sur un semblant de cheval de rivière un peu enfoncé, lui, tourne la tête pour ne pas voir sa compagne qui dans un jardin antérieur l'eût aimée peut-être, avant de chercher la figure de son heure ultime dans les traits du crâne charnel. N'est-ce le nom de Pompéi, ou son écho, qui va s'éteindre sous un couvert de pins parasols ? Que savons-nous, sinon que les jardins fabuleux de Yamashita sont habités exclusivement par la chaleur, le silence, la non-communication, la nudité de la femme, le serpent et la mort ?

Les Variations citadines

ROME

Au beau nom de Cité Rome Belle
Comment jusqu'ici suis-je parvenu
Énigme eût dit le peintre des peintres
En faisant vibrer un mot que l'on allume
Tirée de phrase longue comme Pierre
Ou Paul nus.

BERLIN

D'un éclatant Chiffon d'Arches blanc
Fier papier sous la typographie
Implacable de ladite Langue Française
Noire ici d'un noir de Veuve noire
De bonne frappe oui
Paraissent aujourd'hui mes Portes de Craie
En un vénérien vendredi de Novembre
Mille neuf cent quatre-vingt-neuf
Précisément ce dix où croulent et s'écroulent
Comme fraternellement pourrait-on dire
Les portes des murs de la ville close
Prisons musées casernes temples clos
Béton en armatures énormes des pavés
Qui enfermaient le sépulcral Berlin rouge
Comme peint du sang des libertaires
Livrés aux tireurs d'élite aux chiens de chasse
Charognes exposées à titres exemplaires,

Vainqueurs aujourd'hui au plus haut chant de la vie
Celle qui réintègre Berlin à l'instant
Et qui nous exaltait par ses femmes déjà
Henri Cartier-Bresson et moi-même
Pendant l'été mille neuf cent trente-deux
Deux ans avant le pire nous saluions ses belles

De Sans Souci jusqu'au Kurfurstendam
Ravivant en nous celles du cinéma,

Dans le temps qui vient d'autres retourneront
Deux par deux sous la Porte de Brandebourg
Chercher sous les tilleuls l'ombre ou les traces claires
Du Romantisme toujours notre maître.

SIENNE

— Terre de Sienne dit cet homme donc
En saisissant par le bras femme jeune
Terre dit-il encore en traitant de même
Une autre qui l'accompagnait errant ensemble
Aux beaux noms de Lucia et Leda
Échangés avec un écho d'Outr'Atlantique
Qui sur leur origine ne laisse nul doute.

— À votre service Dames américaines
Qui pourraient être descendues de nos fresques
Sans autre but que de rencontrer le guide
En moi-même incarné Simon Pierre Minime[1]
Possesseur de tous les secrets de la cité
Dont hommage pourrait vous être fait
À toutes deux en hymne à la Beauté,

— Je voudrais, dit Leda, que nous suivions cet homme
Et qu'il nous fît voir ces secrets dont il parle
Car la grande chaleur où ne se passe rien
Est au-dessus de ce que je peux supporter

— Lucia est mon nom et j'aimerais chanter
Dit celle-là... Suivons donc Pierre Minime
Il nous éloignera au moins du soleil,

— Sans vous rapprocher pour cela de la lune
Veuillez vous engouffrer dit l'homme
Sur les marches de ce vieux calcaire vert
De cette spirale de calcite verte
Où vous régneriez selon les mesures
Du chant de Lucia et de la gentillesse
De Leda Ah vous en verriez de belles
Toutes deux ! Vous n'en regretteriez
Nulle chose qui fut ou pourrait devenir,

Elles cédèrent au Minime et s'émerveillent
D'être parmi les souterrains de Sienne
Et fortifications levées contre Florence
Aux temps héroïques ailleurs comme aujourd'hui
Lucia va devant rebelle aux mains galantes
Tandis que Leda laisse faire comme fit
Dit-on son aïeule sa marraine mythique
Captive d'un cygne qui manque au tableau,

D'autres objets bientôt détournent la vue
Qui plus étranges sont des escargots majeurs
Grands comme tête de petits enfants
Collés à la pierre par leur intime glu
Et qui ne laissent pas qu'on les en détache
Sauf au couteau comme des huîtres
Précise Simon Pierre ou bien encore
Si les escargots étaient en feu d'amour
Répandant à flots leur jus sexuel
Chargé de féconder les femelles,

Le chant de Lucia monte au ciel on dirait
Exalté peut-être par le sexe et son fait
Dans un monde immobile et visqueux,

Témoin de son espèce est un très grand crapaud
Solitaire et superbe il va sautiller
Devant Leda qui le prend dans ses bras
L'embrasse même en signe fraternel,

Mais rompue est la paix par un cri de Lucia
Qui a vu un serpent sortir des pierres
Pour avaler une grosse grenouille
Pierre Minime a vu lui aussi le serpent
Qui est une vipère des Ursins dit-il
Un joli serpent assez inoffensif
À qui mieux vaudrait porter un bol de lait
Que faire le moindre mal
Ainsi donc sera fait
Leda suivra Pierre Minime à l'hôtel
Soins seront pris de la vipère des Ursins,

Le chant de Lucia sera perfectionné
Pour le bonheur de tous et celui de chacun.

POÈMES INÉDITS

Un drap d'eau bleue est le vêtement pur[1]
Qu'il faut aux simulacres de mes sœurs
Barbus ceux-là de moules jusqu'aux seins
Mais alourdis d'un bloc à la cheville
Et les pieds enfouis dans le sable

Si le marbre approchait tant la chair
Que je n'eus paix qu'il eût rejoint les fruits
De vos amours avec ce lazariste
Transfuge aussi des tournées Pygmalion

(Ca 1957)

A. P.[1]

Dépouillée des jolis mots
Qu'elle abattit sur le sable
Comme les cartes maîtresses
D'un poker où l'on s'effeuillait
La poétesse n'attend plus
Que d'épouser son destin
Quand descendra la main de Dieu
Qui saisira les enjeux

Nue comme un poisson dans l'herbe
La fleur essentielle est là
Qui s'entrouvre au fil de l'air
À l'odeur forte de la mer

(Paris, 1er octobre 1962)

IMPRÉCATION SALUTAIRE[1]

Vous n'êtes pas les Américains
Vous n'êtes que des États-Uniens
Blanchaille
Et le nom fier qui hautement reluit
Dans l'Herbe luxuriante de Whitman
Vous appartient moins qu'aux hommes de La Havane
De Mexico Lima La Paz ou Santiago
Si ceux-là sont allés s'ils vont ou s'ils iront
Sur la voie que trace une étoile d'amour
Qui effraye vos astronautes timides
À cause de son violent éclat rouge,

Les grands Noirs de chez vous
Qui parlent mieux que vous
Appellent Amerikains
Les parasites blancs que vous êtes
Et j'adopte leur leçon
Car le k vous va oui
Comme la corne au front de l'unicorne
Comme le crachat à la face de Nixon,

Amerikains donc
Morpions du nouveau monde
Le dédété qui vous détruira
Nous le fêtons d'avance
Même s'il doit nous secouer un peu,
Et je m'exalte à l'idée
D'un continent réconcilié
Par suppression du mal yanki.

(25 avril 1972)

SA BEAUTÉ RELUIT

Pour un portrait de Sylvia Bourdon par Bona

Sous le signe qui l'ensoleille
La beauté de Sylvia Bourdon[1]
Exaspère des faux bourdons
Autant qu'elle nous émerveille,

Et chaque fleur a son abeille
Comme chaque vit a son con
Comme le peintre a eu le don
De nous montrer Sylvia vermeille

Quand la fait reluire un brandon
Enflammé d'ardeur nonpareille.

CHARDONS BLEUS[1]

Les chardons bleus d'Aki
Deviennent plus piquants
À mesure que le temps les sèche
Et le doigt qui s'y frotte saigne

Mais le souvenir d'une beauté d'ivoire
Qu'elle me permit de toucher
Dans la nuit de certain passé
Ne saurait quitter ma mémoire
Qu'à l'instant où la vie
Cessera d'agiter mon vieux cœur.

(19 novembre 1979)

AKI

Tu écris avec ton lait
Sur la page bleue du ciel
Où se lève le soleil
De ton magnifique pays
Jeune poétesse Aki.
Et sans entendre leur sens
Je bois tes belles écritures
Comme si tu donnais le sein
Au vieux poète que je suis
Dans un élan de charité
Ou de tendre cruauté
Pareil à cela que l'on conte
Des dames de l'ancien Japon
Pas moins libres que toi-même
Mais dont les folies se couvraient
D'un éventail papillonnant
Autour d'un masque souriant
Qui ressemblait à ton visage
Lisse et clair sous la frange brune.

(24 mars 1980)

TERREMOTO[1]

D'un premier Octave à Tolède
La Terre a tremblé toujours,

Mais Charles-Albert en souriant
Règne sur la Lotharingie,

Et De Pisis est son besson
Sous l'or brun des yeux de Bona

(Genève, 13 novembre 1981)

ROSE DU VIN

Dans le miroir d'un souvenir
L'avenir qui voudrait revoir
Soulève le couvercle
D'une chose qui ressemble
Au sarcophage où tu seras,

Mais le vin d'à présent s'effeuille
Dans ta gorge comme une rose
Fleurie des mots de ton langage

(18 mai 1986)

SCYTHE[1]

Grande fille adorable et scythe
Quand tu te présentais hier
Chez un vainqueur vieux de ton choix
Pour te rendre à sa discrétion
N'était-ce pas avec le secret vœu
Qu'on t'oblige à t'y dévêtir
En dérision de ta pudeur
Qu'on t'agenouille toute nue
Mains jointes derrière la nuque
Qu'on te lie et te batte un peu
Et qu'on t'expose au pilori
Dans le plus intime abandon
Pour te voir et te vexer mieux
Et pour t'administrer le fouet
Sur les seins le ventre les cuisses
Puis après t'avoir souffletée
Selon la règle impitoyable
Après avoir ouvert ta bouche
Pour goûter ta langue docile
À l'ordre d'être caressante
Qu'on te jette sur un grand lit
Au fond d'une alcôve à la turque
Dont les rideaux t'enfermeraient
Comme les murs d'une cellule

Qu'on te traite en victime là
Qu'on te fasse et te fasse faire
Tout ce que tu voulais toi-même
Faire et être forcée à faire
Dans une soumission violente
Qui te sacrerait de nouveau
Souveraine entre les captives
Modèle parmi les amantes
Sainte vouée au doux martyre
Princesse blonde au bleu des cieux.

(sans date)

DOSSIER

CHRONOLOGIE

1879. Naissance de Jules Edmond David Pieyre (futur père d'André), fils de Jean Edmond Alfred Pieyre, propriétaire, et de Magdeleine Chauffert. En 1880 le père adjoint à son nom celui de Lacombe de Mandiargues. La famille, d'origine nîmoise, adoptera le nom de Pieyre de Mandiargues. Les deux branches sont de tradition calviniste. Après des études d'ingénieur, David entrera dans les affaires.

1880. Naissance de Lucie Bérard (future mère d'André), fille cadette de Paul Bérard, collectionneur et grand ami de Renoir et de Monet. Renoir séjourna souvent au château de Wargemont, près de Dieppe, et il fit plusieurs portraits des quatre enfants Bérard. La famille, d'origine normande, est de tradition calviniste.

1905. Décès de Paul Bérard. Le mariage de David Pieyre de Mandiargues, ingénieur des Mines, et de Lucie Bérard, a lieu quelques jours plus tard.

1909. 14 mars : naissance d'André Pieyre de Mandiargues à trois heures de l'après-midi, au 79, avenue de Villiers, à Paris. Son frère Alain naîtra en 1915.

1912. Séjour avec sa mère à Valmont, la maison de santé où mourut Rilke, au-dessus de Montreux et de Territet, en Suisse. Mandiargues y rendra souvent visite à sa mère jusque dans les années soixante.

1914. 3 août : l'Allemagne déclare la guerre à la France. Les parents d'André avaient loué pour l'été la villa des Épinettes, à Thibermont, non loin du château de Wargemont. Sa mère, aidée d'une gouvernante suisse qu'André appelle Mie, y reste avec ses enfants durant toute la guerre. Son père est enrôlé comme interprète dans l'état-major britannique.

1916. 3 août : son père est grièvement blessé par l'explosion d'un obus. Transporté à Rouen, il meurt dans un hôpital militaire. L'enfant n'assiste pas à l'enterrement. Plus tard, sa mère rapatriera le corps de son mari dans le caveau de famille au Père-Lachaise. Elle dormira toute sa vie avec le crucifix du cimetière de guerre au-dessus de son lit.

1917. André est un enfant à la santé fragile, sa maigreur touche à l'anorexie. Un fort bégaiement qu'il associera à la mort de son père encourage son penchant à la solitude et au silence. Mie lui fait découvrir le pays de Caux : la plage de Puys, les falaises de craie, la marée, les laisses de mer... Ce paysage l'émerveillera toute sa vie.

1918. Retour à Paris, rue Murillo, face au parc Monceau.

1919. Dans des établissements d'enseignement privé qu'il juge étranges, André rêvasse. Après le Cours Hattmer, il fréquente l'école Gory, avenue Matignon. Son propriétaire, Gédéon Gory, servira de modèle au père de Sigismond, dans *La Marge.* Premières lectures : Pierre Loti, Jules Verne, Paul d'Ivoi et Gaston Leroux. Les héroïnes de roman le font rêver. Sa mère achète une vieille maison normande à Berneval, près du château de Wargemont où elle est née. Durant près de dix ans, au printemps et en été, Mandiargues retrouvera ce pays de Caux tant aimé.

1923. Il entre au lycée Carnot. Lisant pendant les cours, il découvre *Les Nourritures terrestres* de Gide et Whitman. Son goût pour la solitude le porte à fuir dans la littérature les banalités de la réalité quotidienne. Dans une salle de bains de la rue Murillo, il a organisé un laboratoire de chimie, où ses expériences manquent de mettre le feu à la maison.

1925. Il s'y reprend à quatre fois pour passer la première partie du baccalauréat (sciences-latin).
Premier voyage en Italie, à Florence, avec son frère Alain. Malgré son ignorance presque complète de la langue italienne, il s'abonne à plusieurs revues futuristes.
À l'automne, sa mère l'inscrit dans une boîte à bachot, l'école Duvigneau de Lanau. Il découvre l'astrologie et l'ésotérisme en lisant Éliphas Lévi, Rudolf Steiner et Jakob Böhme.

1926. Dans la librairie José Corti, rue de Clichy, il découvre les livres de Breton, Aragon, Éluard, Jouve, Michaux. Son goût pour l'avant-garde littéraire s'affirme.
Pendant les vacances en Normandie, il rencontre Henri Cartier-Bresson, d'un an son aîné. Début d'une longue et

grande amitié. Ils découvrent ensemble la peinture cubiste, l'art nègre, le mouvement surréaliste, l'ésotérisme, Hegel, Marx et le communisme. Ils partagent la même passion pour Rimbaud, Lautréamont, Joyce, William Blake, Proust.

1927. Cartier-Bresson qui veut devenir peintre lui apprend à voir. Dans la vitrine d'une galerie, rue La Boétie, il lui montre un tableau de Giorgio De Chirico qui lui donne « la révélation de l'art moderne ». En rupture avec leur milieu, les deux amis passent leurs nuits dans les boîtes de Montparnasse et les bars de Pigalle à écouter des musiciens noirs, demandant « à la réalité de devenir fantastique ». Sans participer au mouvement surréaliste, ils assistent aux réunions de la place Blanche où Breton convoque ses amis. Trop timide, Mandiargues ne se présentera à lui qu'après la guerre.
Il obtient la seconde partie du baccalauréat (philosophie).
L'été, voyage en Italie, à Rome. Le jour, il parcourt musées et galeries. Le soir, il se rend chez Bragalia, café-théâtre où se réunissent les futuristes.

1928. Breton publie *Nadja*, qui devient pour Mandiargues avec *Le Paysan de Paris* d'Aragon un manuel de comportement surréaliste. Pendant les cours de H.E.C., il lit Nietzsche et les *Dialogues* de Platon.
Il accompagne Cartier-Bresson au Bal antillais de la rue Blomet. Au Jockey, à Montparnasse, ils vont écouter Kiki. Ils achètent les disques de Louis Armstrong et de Bessie Smith, que Mandiargues vénère, et ils fréquentent le Studio 28 et le Studio des Ursulines... Un visage l'émeut, celui de Louise Brooks.

1929. Les deux amis rejettent avec ardeur leur éducation bourgeoise.
Mandiargues prépare une licence de lettres à la Sorbonne. Pendant les cours, il traduit des poèmes de William Carlos Williams. Pour une jeune musicienne anglaise, Joséphine Antrobus, il écrit *La Chair et le diable* (*Flesh and the Devil*), un premier texte destiné à être mis en musique, mais il en perd le manuscrit. À l'automne, il suit des cours d'archéologie et d'étruscologie en Italie.

1930. Mandiargues est majeur. L'héritage de son père le rend indépendant. Il peut s'acheter un cabriolet décapotable à huit cylindres de marque américaine, une Auburn, avec laquelle il se réjouit de pouvoir « passer un fleuve à gué »...
Au printemps et au début de l'été, cours de pilotage chez Farman à Villacoublay. La passion pour le jazz ne le quitte

pas. Cartier-Bresson s'embarque pour un an au Cameroun. Parti pour peindre, il revient avec le désir de devenir photographe.

1931. Mandiargues parcourt seul, ou avec Cartier-Bresson, presque toute l'Europe : Allemagne, Pologne, Hongrie, Roumanie, Bulgarie, Grèce, Turquie, Espagne, Balkans et toujours l'Italie. Au cours de ces voyages, Cartier-Bresson prend ses premières photographies. Grâce à lui, Mandiargues rencontre Leonor Fini, avec laquelle il se lie, ainsi que Lanza del Vasto et Max Ernst.

1932. Cartier-Bresson achète à Marseille son premier Leica. Pendant l'été, ils partent avec Leonor Fini sur les routes italiennes. Ferrare exalte Mandiargues par ses affinités avec l'œuvre de Giorgio De Chirico. Un différend esthétique va séparer les amis jusqu'en 1946. Enchanté par Florence, le photographe juge « ignoble » Venise qu'adore son ami. Mandiargues, se fâchant, menace de jeter à l'eau le précieux Leica.

1933. Il se met à écrire en secret. Pendant dix ans, ni sa mère, ni ses plus proches amis ne s'en douteront.

Lors d'un vernissage à Paris, il rencontre Filippo De Pisis (de son vrai nom, Luigi Tibertelli). Venu de Ferrare, la « cité métaphysique », ce peintre et écrivain devient le second grand ami de Mandiargues qu'il fascine par son étrangeté. Rencontre de Max Jacob, qui partage son goût pour l'astrologie.

1934. Il fait la connaissance de Balthus lors de sa première exposition chez Pierre Loeb.

1935. Mandiargues écrit les poèmes qu'il publiera plus tard sous le titre de *L'Âge de craie*, ainsi que « La nuit de mille neuf cent quatorze, ou le Style Liberty », récit qui paraîtra en 1966 dans les *Cahiers du Sud*.

1936. Rencontre Meret Oppenheim, une jeune artiste suisse qui participe aux activités surréalistes. Elle inspirera de nombreux poèmes de *L'Âge de craie*, ainsi qu'*Hedera*.

1937. Pendant l'été, long voyage solitaire de Paris à Constantinople, en passant par l'Allemagne, l'Autriche, la Hongrie, la Roumanie et la Bulgarie. Retour par la Grèce, l'Albanie, la Dalmatie yougoslave et l'Italie. Rencontre Leonora Carrington qui vient de quitter l'Angleterre pour vivre avec Max Ernst.

1938. Été : voyage avec Meret Oppenheim en Italie, à Venise, Ferrare, Mantoue, puis dans le Tessin suisse. Paul Éluard qu'il fréquente depuis peu lui présente Hans Bellmer. Séjour à Nantes où il visite le passage Pommeraye.

1939. Au début de l'été, Mandiargues conduit Leonor Fini et Federico Veneziani, à bord de sa Buick, dans la propriété de Saint-Martin-d'Ardèche que Max Ernst et Leonora Carrington viennent d'acheter. Max Ernst, qui critiquait Tzara, le reçoit avec une affabilité qui révolte Leonor. Elle repart le lendemain avec Mandiargues et Veneziani pour Arcachon.
Septembre : la France déclare la guerre à l'Allemagne. Quelques jours plus tard Leonor Fini et André rencontrent sur la plage Salvador Dalí et Gala, qui seront leurs compagnons en Gironde pendant un an.

1940. Pendant de courts séjours à Paris, au début de la guerre, Mandiargues déjeune régulièrement avec Éluard et Picasso. Le 14 juin, l'armée allemande entre dans Paris. Arcachon fait partie de la zone occupée. Au milieu de l'été, Mandiargues, Leonor, Malvina, sa mère, et Veneziani partent pour le château de Broquens, dans le Gers, poursuivent jusqu'à Cannes, avant de gagner Monte-Carlo en août. Réformé au moment de son service militaire, Mandiargues décide pourtant de ne pas quitter ses amis, de nationalité étrangère, auxquels Monaco offre des facilités de séjour. En octobre, ils s'installent dans une villa, rue des Orchidées. La population composite de cette « sorte de jardin d'hiver » amuse Mandiargues.
Se retranchant de la guerre, il s'enferme dans d'abondantes lectures.

1941. Amitié avec Armand Lunel, Albert Paraz, et les peintres Pierre Demaria et Reynold Arnould. Chez un libraire de Nice il trouve *Les Rêves et les moyens de les diriger*, publié anonymement au XIXe siècle par le marquis d'Hervey de Saint Denys. Il prend l'habitude de noter ses rêves, qui l'inspirent. « Le sang de l'agneau » est le premier de ses récits qui le satisfait. Leonor Fini rencontre le peintre Stanislao Lepri, avec lequel elle partira pour Rome en 1943.

1942. Travaillant à se faire une écriture, il prend pour « directeurs de conscience » Mallarmé, Rimbaud, Baudelaire. Il écrit les poèmes en prose et les contes dont il compose *Dans les années sordides*, ainsi que les nouvelles du *Musée noir*.

1943. Allers et retours entre Monaco et Nice où, sur les presses de *L'Éclaireur de Nice*, il imprime lui-même et à compte d'auteur *Dans les années sordides* (avec trois dessins de Leonor Fini). Le 17 juillet, le recueil est imprimé. Mandiargues date de cette publication sa « véritable naissance ». Mettant fin au secret, il décide de construire une œuvre.

1945. Il donne à l'imprimerie de *L'Éclaireur de Nice* un poème d'amour dédié à Meret Oppenheim, *Hedera ou la persistance de l'amour pendant une rêverie*, qui sort de presse le 14 juin. Hiver à Monte-Carlo.

Robert Laffont qui vient de fonder sa maison d'édition accepte le manuscrit du *Musée noir*. Ce premier recueil de contes sera publié en mai 1946.

1946. Au début de l'année, retour chez lui au 11, rue Payenne, dans l'hôtel de Marles. Vers la fin du printemps, il rend visite à sa mère qui s'est fixée à Genève.

Libéré de sa timidité et de son bégaiement, il retrouve ses anciens amis et s'ouvre à de nouvelles rencontres. Il rend visite à Edmond Jaloux, le premier à faire dans *Le Journal de Genève* une critique chaleureuse du *Musée noir*. À Paris, Louis-René des Forêts l'accueille chez Robert Laffont. Il fait la connaissance d'Henri Parisot et de René de Solier, qui deviendra l'un de ses meilleurs amis. Ce dernier l'emmène chez Jean Paulhan dans son bureau de *La Nouvelle Revue française*, alors interdite, et lui fait rencontrer Francis Ponge, Georges Limbour et Georges Lambrichs. Dans une galerie du boulevard Saint-Michel, Paulhan lui présente Henri Michaux, que Mandiargues tient pour « l'un des hommes les plus importants du monde entier, le plus intimidant de tous les vivants » ; et il l'introduit chez Florence Gould, où il retrouve Charles-Albert Cingria, et rencontre Marcel Jouhandeau, un de ses écrivains préférés.

L'Étudiante paraît chez Fontaine, dans la collection « L'Âge d'or » que dirige Parisot.

Mandiargues et Cartier-Bresson se retrouvent : leur amitié sera plus forte que jamais. Dans l'après-guerre, il rencontre Giuseppe Ungaretti, Unica Zürn, Jean Dubuffet, Dorothea Tanning, Joan Miró, André Masson, Germaine Richier, Alain Jouffroy…

1947. Au marché aux puces de Saint-Ouen, il se présente enfin à Breton, qui a apprécié ses livres et l'invite à se joindre à ses amis place Blanche. Mandiargues côtoiera le groupe, signera quelques manifestes, mais ne sera jamais un surréaliste orthodoxe. Il se lie avec Julien Gracq, Georges Schéhadé, Octavio Paz. Août : il visite sa mère à Vevey. Il revoit Edmond Jaloux à Lausanne. Puis il se rend en Italie, de Milan à Venise, où il s'installe calle San Severo, au n° 5017. En

septembre, il retrouve Filippo De Pisis, qui désire séjourner à Paris avec sa nièce, Bona Tibertelli, recueillie à la mort de son père, en 1945. Mandiargues organise le voyage et les loge à l'hôtel des Saints-Pères.
Le 17 octobre, date capitale de son existence, il rencontre Bona pour la première fois.

1948. Mars : *Les Incongruités monumentales* (Robert Laffont).
Été-automne : séjour à Venise avec Bona et De Pisis, qui est malade. Il y vit « une saison de passion, c'est-à-dire de souffrance et d'amour ». Octobre : il revient seul à Paris. En novembre, *Dans les années sordides* est repris chez Gallimard dans une version augmentée. Décembre : Bona s'installe à Paris chez une amie américaine.

1949. Printemps : Bona repart pour l'Italie et le val d'Aoste où De Pisis, convalescent, se repose. Mandiargues les rejoint. Août : séjour à Venise avec Bona. Il retrouve la calle San Severo.

1950. 2 février : mariage de Mandiargues et de Bona à Modène.
Voyage en Toscane : Florence, Sienne, San Gimignano. Ils rencontrent Giorgio Morandi.
Bona fait la connaissance d'André Breton et elle est reçue dans les réunions du groupe surréaliste, avec lequel elle exposa plusieurs fois par la suite. Pendant l'été, voyage en Espagne ; au Prado ils contemplent les tableaux du Titien : *Vénus, l'amour et la peinture* inspirera le titre du livre consacré par Mandiargues à sa « peintresse ». Retour à Paris. *Les Sept Périls spectraux*, avec des lithographies de Dorothea Tanning (Les Pas perdus).

1951. Février : *Masques de Leonor Fini*, chez Parade. Mars : *Soleil des loups* (Robert Laffont), qui reçoit le prix des Critiques. Mandiargues défend André Breton dans « l'affaire Carrouges ». Plusieurs membres du groupe surréaliste avaient mis en demeure Breton de rompre avec cet intellectuel catholique pour s'en tenir à son ancienne ligne de conduite matérialiste. Été : André et Bona voyagent dans le sud de l'Italie.

1952. Première exposition personnelle de Bona à Paris, galerie Berggruen, avec une présentation de Francis Ponge. Été : voyage en Sardaigne avec Bona. Ils vivent à Santa Lucia di Siniscola, dans une maison de pêcheurs. Ce séjour inspirera *Le Lis de mer*. En juillet, article dans *Arts* sur les statues de la villa Orsini, à Bomarzo, province de Viterbe.

1953. Janvier : *Marbre* (Robert Laffont). Dans *La Nouvelle Nouvelle Revue française* qui reparaît, Paulhan confie à Mandiargues la rubrique « Le Temps, comme il passe ». Les textes écrits de 1953 à 1957 seront recueillis dans *Le Cadran lunaire.*

Printemps : séjour à Milan pour la première exposition personnelle de Bona, galerie Del Milione. Ungaretti écrit la préface du catalogue. Visite à De Pisis, hospitalisé à Brugherio. Ils repartent de Milan pour Modène, pour une deuxième exposition à la galerie La Saletta. À Rome, visites à Ungaretti, et à Alberto Burri dans son atelier.

Juin : *L'Anglais décrit dans le château fermé* sous le pseudonyme de Pierre Morion.

1954. Voyage en Italie, avec Bona et Cartier-Bresson. Voyage en Égypte avec Bona, au cours duquel ils rencontrent Joyce Mansour.

1955. Il participe aux entretiens sur l'art moderne de Cerisy-la-Salle.

1956. 2 avril : mort de Filippo De Pisis. Bona, sans relâche, s'occupera de l'œuvre picturale et des écrits de son oncle. À la fin de l'année, *Le Lis de mer* chez Laffont.

1957. Juin : *Les Monstres de Bomarzo,* avec des photographies de Glasberg (Grasset). En juillet, *Astyanax* sort au Terrain vague, avec des dessins de Bona.

1958. Février : *Le Cadran lunaire* (Robert Laffont).

Octavio Paz les invite à séjourner au Mexique. En février, ils s'embarquent sur le *Gritti,* un cargo qui les conduit de Gênes à Veracruz, avec escales au Venezuela et à Cuba. Le voyage durera six mois, chaque traversée prenant un mois. Ils emportent des tableaux de Bona, qui expose en mai à la galerie Antonio Souza. À La Havane, à la veille de la révolution, ils rendent visite à Wifredo Lam dans son atelier. À Mexico, ils rencontrent l'écrivain Alfonso Reyes au moment où son ami Valery Larbaud vient de mourir, et Leonora Carrington exilée depuis 1942. Représentation de *La Fille de Rappaccini,* une pièce d'Octavio Paz, dont les costumes ont été dessinés par Leonora, et les décors par Juan Soriano, avec lequel il se lie d'amitié. Pendant le voyage de retour, il commence à traduire cette pièce. À Tepoztlan, ils rendent visite au peintre Wolfgang Paalen ; croisent dans la galerie Souza les peintres Francisco Toledo et José-Luis Cuevas. De ce voyage mémorable, Mandiargues consigne ses impressions dans « La nuit de Tehuantepec », « La San Isidro à Metepec », « Palenque » (*Deuxième Belvédère*). Les quartiers pauvres de Mexico servent de décor au « Nu parmi les cercueils » (*Feu de braise*).

Octobre : *Le Belvédère* (Grasset). Mandiargues donnera ce nom à une série de recueils d'articles sur des artistes, de préfaces, de souvenirs de voyages...

1959. Bona et Mandiargues se séparent.
Il signe « Le Manifeste des 121 » prônant l'insoumission. À la demande de Breton, il écrit « La marée » pour le catalogue de l'Exposition internationale du surréalisme (galerie D. Cordier). Séjour avec Bernard Dufour et René de Solier à Venise, où ils apprennent la mort de Benjamin Péret.
Mars : *Feu de braise* (Grasset).

1960. En avril, *Sugaï* (G. Fall). Du 1er au 8 juillet, il préside le colloque « Ungaretti et la poésie italienne » à Cerisy-la-Salle, en présence du poète. Août : *Cartolines* et dédicaces *(1953-1960)*, au Terrain vague. Rencontre des peintres Hundertwasser et Baj.

1961. Le divorce est prononcé le 26 janvier, jour anniversaire du suicide de Nerval. La douleur de cette séparation lui inspire un long poème, *La Nuit l'amour.*
Visite à sa mère, à Valmont. Prix de la Nouvelle pour *Feu de braise.* Rencontre Max Walter Svanberg, lors de son exposition à Paris.
Novembre : un « premier cahier de poésie » révèle les poèmes de *L'Âge de craie*, écrits à partir de 1935, en les accompagnant de *Hedera* (Gallimard).

1962. Une partie de l'été à Venise. Novembre : *Deuxième Belvédère* (Grasset).

1963. Au début de l'année, *La Motocyclette* (Gallimard) révèle Mandiargues au grand public.
Voyage en Espagne.

1964. Il se consacre à un nouveau roman, *La Marge*, qui paraîtra en 1967. Brefs séjours à Barcelone dans l'atmosphère du Barrio Chino.
En octobre, Gallimard publie deux « cahiers de poésie » : le troisième (*Astyanax*, précédé des *Incongruités monumentales* et suivi de *Cartolines* et dédicaces) et le quatrième (*Le Point où j'en suis*, suivi de *Dalila exaltée* et de *La Nuit l'amour*).
Décembre : *Sabine*, nouvelle (Mercure de France).

1965. Janvier : *Beylamour* (J.-J. Pauvert). Voyage en Suède et au Danemark.
Février : *Porte dévergondée* (Gallimard).
Juin : *Larmes de généraux*, avec des lithographies de Baj (chez Herman Igell, à Stockholm).
En septembre, préface à un album du photographe Frédéric Barzilay, *Les Corps illuminés* (Mercure de France).

1966. 28 septembre : mort d'André Breton. Pour Mandiargues le surréalisme s'est clos avec cette disparition. Été à Paris pour terminer *La Marge.*
À l'automne, André et Bona se retrouvent et décident de vivre ensemble.

1967. 14 mars : André et Bona se remarient le jour de l'anniversaire d'André. Voyage au Liban.
24 juillet : naissance de leur fille, Sibylle.
Automne : séjour à Venise. À leur retour, en novembre, Mandiargues apprend avec surprise qu'il vient d'obtenir le prix Goncourt pour *La Marge* (Gallimard). Ils quittent l'hôtel de Marles pour s'installer rue de Sévigné.

1968. Voyage à Cuba. Il visite, lors du Congrès culturel, l'exposition consacrée à la jeune peinture cubaine.
10 octobre : mort de Jean Paulhan, « le grand supérieur ».
Octobre : « cinquième cahier de poésie » chez Gallimard (*Ruisseau des solitudes,* suivi de *Jacinthes* et de *Chapeaugaga*), et *Le Marronnier,* nouvelle, au Mercure de France.

1969. Rencontre à Rome, dans son atelier, le peintre et décorateur Domenico Gnoli.

1971. Février : *Bona l'amour et la peinture* (Skira). En mars, parution chez Gallimard de *Mascarets* et de *Troisième Belvédère.*
Août : séjour à Cortina d'Ampezzo. *La Nuit de mil neuf cent quatorze,* nouvelle écrite avant la guerre, est publiée en novembre par L'Herne.

1972. René de Solier présente à Mandiargues le peintre serbe Ljuba. *Croiseur noir,* avec des eaux-fortes de Wifredo Lam (O. L. V.).

1973. Octobre : *Isabella Morra* (Gallimard), pièce inspirée de la vie d'une jeune poétesse italienne du XVIe siècle assassinée par ses frères.

1974. Septembre : création d'*Isabella Morra* au Théâtre d'Orsay avec Annie Duperey.

1975. Mars : *Chagall* aux éditions Maeght. Juillet-août : séjour en Toscane, à Montepulciano, où il adapte *Madame de Sade* de Yukio Mishima.
Septembre : *Le Désordre de la mémoire,* entretiens avec Francine Mallet (Gallimard).

1976. Création de *Madame de Sade* au Théâtre d'Orsay, avec Danièle Lebrun.
Septembre : *Sous la lame* (Gallimard). *Parapapillonneries* avec des lithographies de Meret Oppenheim (Cassé).

1977. 26 mars : mort de sa mère.

Préface au catalogue de *Los complejos*, exposition de José-Luis Cuevas à la galerie de Seine. Il se lie d'amitié avec le peintre qui vient de s'installer à Paris.

À la fin de l'année, *Arcimboldo le merveilleux* chez Robert Laffont.

1979. Grand prix de Poésie de l'Académie française.

Voyage au Japon. À Tokyo, André et Bona rencontrent la veuve de Mishima. Ils se recueillent sur la tombe de l'écrivain.

En avril, *La Nuit séculaire*, théâtre, et un « sixième cahier de poésie » (*L'Ivre Œil*, suivi de *Croiseur noir* et de *Passage de l'Égyptienne*) chez Gallimard.

À la fin de l'année il publie sous son nom *L'Anglais décrit dans le château fermé*.

Miranda, nouvelle, avec des eaux-fortes de Miró (R. L. Dutrou).

1980. Janvier : *Le Trésor cruel de Hans Bellmer* (Éditions Le Sphinx).

Crachefeu, avec des aquatintes de Carlo Guarienti (Nouveau Cercle parisien du livre).

1981. Septembre : *Arsène et Cléopâtre*, théâtre (Gallimard).

1982. Mai : *Un Saturne gai*, entretiens avec Yvonne Caroutch (Gallimard).

Octobre : *Des cobras à Paris* avec des illustrations de Patrice Vermeille (Fata Morgana).

1983. Septembre : séjour à Venise pour une rétrospective De Pisis, au Palazzo Grassi, à laquelle Bona participe avec passion.

Octobre : *Le Deuil des roses* (Gallimard). Décembre : *Aimer Michaux* (Fata Morgana). *Sept Jardins fantastiques*, avec sept eaux-fortes de Kiyozumi Yamashita, est publié au Japon par la galeriste Aki Muleta.

1985. Mars : création de *L'Arbre des tropiques*, pièce de Mishima adaptée par Mandiargues, au Théâtre du Rond-Point, avec Danièle Lebrun.

3 décembre : Grand prix national des Arts et des Lettres.

1986. Février : création d'*Arsène et Cléopâtre* au Théâtre du Lucernaire avec Marie Trintignant. Mars : *Cuevas Blues* (Fata Morgana).

1987. Février : *Tout disparaîtra* (Gallimard). Son passage à « Apostrophes », ainsi que l'hommage de la presse, révèlent Mandiargues à une nouvelle génération de lecteurs. Au milieu de ses livres, entouré des tableaux de ses amis et des objets rapportés de ses voyages, il passe ses journées à lire et à écrire.

1988. Février : *Écriture ineffable*, avec des eaux-fortes de Mehdi Qotbi (Fata Morgana).

1989. Mandiargues n'écrit presque plus, sauf parfois de courts poèmes. *Les Portes de craie* paraît avec des lithographies d'Alechinsky chez R. L. Dutrou. Pour *Les Variations citadines*, il accompagne de petits poèmes érudits des lithographies de Bona (chez Cassé, 1992). Il rêve de retourner à Rome, mais ce dernier voyage n'aura pas lieu.

1990. L'exposition *Le Belvédère Mandiargues*, dans les salons d'Artcurial, rend hommage au « voyeur d'art », tel qu'il aimait se définir.

1991. Vendredi 13 décembre : André Pieyre de Mandiargues s'éteint à Paris.

1993. *Gris de perle*, « dernier cahier de poésie », qu'il avait préparé (Gallimard).
Monsieur Mouton, un récit de jeunesse inachevé, est publié chez Fata Morgana.

1995. *Quatrième Belvédère* (Gallimard).

2000. Décès de Bona à Paris.

2002. *Ultime Belvédère* (Fata Morgana).

Ces repères doivent beaucoup à la chronologie détaillée établie par Sibylle Pieyre de Mandiargues sous le titre « Vie et œuvre 1909-1991 » pour l'édition des *Récits érotiques et fantastiques* de son père (Gallimard, coll. « Quarto », 2009, p. 13-73).

BIBLIOGRAPHIE

ÉDITIONS

Poèmes

Dans les années sordides, avec 3 illustrations de Leonor Fini, Monaco, 1943.

— *Dans les années sordides*, Gallimard, coll. « Métamorphoses », 1948, édition augmentée (ce recueil deviendra le « second cahier de poésie » à la parution de *L'Âge de craie*, en 1961).

Hedera ou la persistance de l'amour pendant une rêverie, Monaco, Hommage, 1945.

Les Incongruités monumentales, Robert Laffont, 1948.

— *Les Incongruités monumentales*, avec 33 lithographies d'Enrico Baj, chez Michel Cassé, 1967.

Astyanax, dessins de Bona, Éric Losfeld-Le Terrain Vague, 1957.

Cartolines et dédicaces *(1953-1960)*, Éric Losfeld-Le Terrain Vague, 1960.

L'Âge de craie, suivi de *Hedera*, « premier cahier de poésie », Gallimard, 1961.

La Nuit l'amour, avec 15 eaux-fortes de Bernard Dufour, chez Pierre Loeb, 1961.

Astyanax, précédé des *Incongruités monumentales* et suivi de *Cartolines* et dédicaces, « troisième cahier de poésie », Gallimard, 1964.

Le Point où j'en suis, suivi de *Dalila exaltée* et de *La Nuit l'amour*, « quatrième cahier de poésie », Gallimard, 1964.

Jacinthes, eaux-fortes d'Alexandre Bonnier, Odette Lazar-Vernet, coll. « Paroles peintes », 1967.

L'Âge de craie, suivi de *Dans les années sordides* et de *Hedera*, coll. « *Poésie*/Gallimard », 1967.

Ruisseau des solitudes, suivi de *Jacinthes* et de *Chapeaugaga*, « cinquième cahier de poésie », Gallimard, 1968.

— *Chapeaugaga*, avec 15 eaux-fortes d'Enrico Baj, Milan, Giorgio Upiglio éditeur, 1970.

Croiseur noir, avec 6 eaux-fortes de Wifredo Lam, Odette Lazar-Vernet, coll. « Paroles peintes », 1972.

L'Ivre Œil, suivi de *Croiseur noir* et de *Passage de l'Égyptienne*, « sixième cahier de poésie », Gallimard, 1979.

— *Passage de l'Égyptienne*, eaux-fortes de Miró, Robert et Lydie Dutrou, 1987.

Le Point où j'en suis, précédé des *Incongruités monumentales* et de *Astyanax*, suivi de *Dalila exaltée* et de *La Nuit l'amour*, coll. « *Poésie*/Gallimard », 1980.

Sept Jardins fantastiques, avec 7 eaux-fortes de Kiyozumi Yamashita, Tokyo, Éditions Muleta, 1983.

Cuevas blues, avec 6 dessins de José-Luis Cuevas, Montpellier, Fata Morgana, 1986.

Écriture ineffable, avec 2 eaux-fortes de Mehdi Qotbi, Montpellier, Fata Morgana, 1988.

Les Portes de craie, avec 5 eaux-fortes de Pierre Alechinsky, Robert et Lydie Dutrou, 1989.

Les Variations citadines, avec 4 lithographies de Bona. Postface de Gérard Macé, chez Michel Cassé, coll. « Une Voix Un Geste », 1992.

Gris de perle, suivi de *Les Portes de craie*, *Cuevas blues*, *Sept Jardins fantastiques* et *Variations citadines*, « dernier cahier de poésie », Gallimard, 1993.

Récits

Récits érotiques et fantastiques, avant-propos de Gérard Macé, vie et œuvre par Sibylle Pieyre de Mandiargues, Gallimard, coll. « Quarto », 2009. Ce volume réunit les sept recueils de contes (*Le Musée noir*, 1946 ; *Soleil des loups*, 1951 ; *Feu de braise*, 1959 ; *Porte dévergondée*, 1965 ; *Mascarets*, 1971 ; *Sous la lame*, 1976 ; *Le Deuil des roses*, 1983), ainsi que *Dans les années sordides* (1943), *Marbre ou les Mystères d'Italie* (1953), *Le Lis de mer* (1956) et *Monsieur Mouton* (1993).

L'Anglais décrit dans le château fermé (1953), nouvelle éd., Gallimard, coll. « L'Imaginaire » n° 290.

La Motocyclette (1963), nouvelle éd., Gallimard, coll. « Folio » nº 407.
La Marge (1967), nouvelle éd., Gallimard, coll. « Folio » nº 1294.
Tout disparaîtra (1987), nouvelle éd., Gallimard, coll. « Folio » nº 2060.

Essais

Masques de Leonor Fini, avec 4 planches de dessins hors texte de Leonor Fini et 10 photographies d'André Ostier, La Parade, Éditions André Bonne, 1951.
Les Monstres de Bomarzo, avec 36 photographies de Glasberg, Grasset, 1957. Recueilli dans *Le Belvédère*, 1958.
Le Cadran lunaire, Robert Laffont, 1958, nouvelle éd., Gallimard, 1972.
Le Belvédère, Grasset, coll. « La Galerie », 1958, nouvelle éd., Grasset, coll. « Les Cahiers rouges », 1990.
Sugaï, Paris, Georges Fall éditeur, coll. « Le Musée de poche », 1960.
Deuxième Belvédère, Grasset, 1962, nouvelle éd., Grasset, coll. « Les Cahiers rouges », 1990.
Critiquettes, Montpellier, Fata Morgana, 1967.
Troisième Belvédère, Gallimard, 1971.
Bona l'amour et la peinture, Genève, Skira, coll. « Les Sentiers de la création », 1971.
Chagall, Maeght, 1975.
Arcimboldo le merveilleux (avec Yasha David), Robert Laffont, 1977.
Aimer Michaux, Montpellier, Fata Morgana, 1983.
Quatrième Belvédère, Gallimard, 1995.
Ultime Belvédère, Montpellier, Fata Morgana, 2002.

Entretiens et interviews

Le Désordre de la mémoire, entretiens avec Francine Mallet, Gallimard, 1975.
Un Saturne gai, entretiens avec Yvonne Caroutch, Gallimard, 1982.

« André Pieyre de Mandiargues », *La Diction poétique*. Enquête par Jacques Charpier, *Cahiers d'Études de Radio-Télévision*, nº 13, 2e trimestre 1957, Flammarion, p. 41-46.
« Mandiargues, celui qui a fait peur aux jurys », par Alain Jouffroy, *L'Express*, 6 décembre 1963, p. 43-44.

« L'ange du bizarre est passé par là », par Pierre Ajame, *Les Nouvelles littéraires*, 9 janvier 1964.
« André Pieyre de Mandiargues », par Claude Couffon, *Les Lettres françaises*, 5 novembre 1964.
« Pieyre de Mandiargues dévoile sa poésie », par Sonia Lescaut, *Arts*, 16-22 décembre 1964, p. 7-8.
« Une rencontre avec André Pieyre de Mandiargues », par René Lacôte, *Les Lettres françaises*, 6 décembre 1967, p. 3-4.
« Entretien avec André Pieyre de Mandiargues », par Yves de Bayser, *Plexus*, novembre 1969, p. 42-53.
« André Pieyre de Mandiargues ou le cœur émerveillé », par Jacques Buenzod, *Le Journal de Genève*, 3-4 avril 1971.
« Choquer est aussi moderne aujourd'hui que prêcher au temps des croisades... », par Claude Baignères, *Le Figaro littéraire*, 20 avril 1974, p. I, VI.
« Je n'écris bien qu'à Paris et Venise », par Jean-Louis de Rambures (entretien du 25 avril 1970), dans *Comment travaillent les écrivains*, Flammarion, 1978.
« André Pieyre de Mandiargues : "Je suis un érotomane puritain" », par Gilles Costaz, *Galerie des Arts*, n° 182, juin 1979, p. 78-80.
« L'un et l'autre Mandiargues », par Claude Bonnefoy, *Les Nouvelles littéraires*, 21 juin 1979, p. 5.
« Mandiargues, l'alchimiste », par Monique Pétillon, *Le Monde des Livres*, 20 juillet 1979, p. 20.
« Mandiargues, ce "Saturne gai" », par Jacqueline Demornex, *Le Monde des Livres*, 13 août 1982.
« Les multiples visages d'André Pieyre de Mandiargues », par Aliette Armel, *Magazine littéraire*, n° 257, septembre 1988, p. 98-105.
Le Sang de l'écriture, enquête par Élisabeth Reynaud, Éditions du Rocher, 2002, p. 37-43.

CORRESPONDANCES ET TÉMOIGNAGES

PIEYRE DE MANDIARGUES, André-PAULHAN, Jean, *Correspondance 1947-1968*, édition établie, annotée et préfacée par Éric Dussert et Iwona Tokarska-Castant, Gallimard, coll. « Les Cahiers de la NRF », 2009.
PIEYRE DE MANDIARGUES, Bona et André, *Correspondances*, Filigranes Éditions, coll. « Saison », n° 22, 2005.
KAPLAN, Nelly-PIEYRE DE MANDIARGUES, André, *« Écris-moi tes hauts faits et tes crimes... ». Correspondance 1962-1991*, Tallandier, 2009.

DEMORNEX, Jacqueline, *Le Pire, c'est la neige*, Sabine Wespieser, 2009.
MANDIARGUES, Bona de, *Bonaventure*, Stock, 1977.
PARAZ, Albert, *Le Gala des vaches* (1948), nouvelle éd., Balland, 1974.
VICTOR, Éliane, *Profession femme*, Grasset, 2008.

ÉTUDES

Ouvrages

ALEXANDRIAN, Sarane, *Le Surréalisme et le rêve*, Gallimard, coll. « Connaissance de l'inconscient », 1974.
BERRANGER, Marie-Paule, *Le Surréalisme : panorama de la littérature française*, Hachette Supérieur, coll. « Les Fondamentaux », 1997.
— *Les Genres mineurs dans la poésie moderne*, PUF, coll. « Perspectives littéraires », 2004.
CASTANT, Alexandre, *Esthétique de l'image, fictions d'André Pieyre de Mandiargues*, Publications de la Sorbonne, 2001.
COMBE, Dominique, *Poésie et récit. Une rhétorique des genres*, José Corti, 1989.
GRAS-DUROSINI, Dominique, *Mandiargues et ses récits. L'écriture en jeu.* L'Harmattan, 2006.
GROSSMAN, Simone, *L'Œil du poète. Pieyre de Mandiargues et la peinture*, Paris-Caen, Minard-Lettres modernes, « Archives des lettres modernes » n° 273, 1999.
LAROQUE-TEXIER, Sophie, *Lecture de Mandiargues*, L'Harmattan, 2005.
LEROY, Claude, *Le Mythe de la passante de Baudelaire à Mandiargues.* P.U.F., coll. « Perspectives littéraires », 1999.
MACÉ, Gérard, *Colportage I Lectures*, Le Promeneur, coll. « Le Cabinet des lettrés », 1998.
NOËL, Bernard, *Treize cases du je*, Flammarion, coll. « Textes », 1975.
PAZ, Octavio, *Courant alternatif* (1967), trad. R. Munier, Gallimard, 1972.
PIERRE, José, *Le Belvédère Mandiargues*, Adam Biro/ArtCurial, 1990.
SPADA, Marcel, *Érotiques du merveilleux. Fictions brèves de langue française au XXe siècle*, José Corti, 1983.

Stétié, Salah, *Mandiargues*, Seghers, coll. « Poètes d'aujourd'hui » n° 235, 1978.
Tadié, Jean-Yves, *Le Récit poétique*, Gallimard, coll. « Tel » n° 240, 1994.

Collectifs

Livres de France, n° 9 (« André Pieyre de Mandiargues »), novembre 1966.
Cahiers Renaud-Barrault, n° 86 (« André Pieyre de Mandiargues »), 1974.
Lendemains, n°s 91/92, Tübingen, Stauffenburg Verlag, 1998.
RITM, n° 26 (« Le Voyage est au bout de la page »), Université Paris X-Nanterre, Publidix, 2001.
« L'image prise aux mots ». *De Mandiargues et de quelques passants considérables*, Archives Fata Morgana. Catalogue de l'exposition du château de Castries, Centre Régional des Lettres-Région Languedoc-Roussillon, 27 juin-28 septembre 2002.
André Pieyre de Mandiargues. Pages mexicaines, dir. Alain-Paul Mallard et Sibylle Pieyre de Mandiargues, Maison de l'Amérique latine-Gallimard, 2009.
André Pieyre de Mandiargues. De La Motocyclette *à* Monsieur Mouton, actes du colloque de Lille, dir. Yves Baudelle et Caecilia Ternisien, Septentrion, *Roman 20-50*, hors série n° 5, 2009.
Plaisir à Mandiargues, actes du colloque du centenaire, Caen-IMEC, dir. Marie-Paule Berranger et Claude Leroy, Hermann, à paraître.

Choix d'articles

Abirached, Robert, « D'un merveilleux moderne », *La Nouvelle Revue française*, n° 126, 1er juin 1986, p. 1070-1075.
Berger, Yves, « Le théâtre d'André Pieyre de Mandiargues », *La Nouvelle Revue française*, n° 83, 1er novembre 1959, p. 886-892.
Bosquet, Alain, « La poésie d'André Pieyre de Mandiargues », *La Nouvelle Revue française*, n° 145, 1er février 1965, p. 298-304.
Bourgeade, Pierre, « Jacinthes », *La Quinzaine littéraire*, 1er août 1967.
— « Académic mic-mac », *La Quinzaine littéraire*, 1er septembre 1968.
Castant, Alexandre, « Érotique des arts visuels chez Mandiargues », dans *Érotique, esthétique*, dir. François Aubral et Michel Markarus, L'Harmattan, 2001, p. 215-222.

CHESSEX, Jacques, « Le dernier cahier de Mandiargues », *Le Nouveau Quotidien* (Suisse), 29 avril 1993.

DALMAS, André, « Pieyre de Mandiargues et le merveilleux », *Mercure de France*, n° 337, 1960.

DHAINAUT, Pierre, « Le meneur de foudre : André Pieyre de Mandiargues », *Le Journal des poètes*, octobre 1968, p. 6-7.

FREUSTIÉ, Jean, « Le dompteur de fantasmes », *Le Nouvel Observateur*, 25 juin 1979.

JOUFFROY, Alain, « Il faut aimer Lulu », *L'Express*, 11 janvier 1965.

LACÔTE, René, « André Pieyre de Mandiargues », *Les Lettres françaises*, 6 novembre 1968.

LAMBERT, Jean-Clarence, « Pieyre de Mandiargues, André », *Dictionnaire général du surréalisme et de ses environs*, dir. A. Biro et R. Passeron, Presses universitaires de France, 1982, p. 335-336.

LEROY, Claude, « Le Passage Mandiargues », *Cahiers du XXe siècle*, n° 6, Klincksieck, 1976, p. 87-109.

— « Mandiargues ou la parade du montreur de textes », *Revue des Sciences humaines*, n° 167, juillet-septembre 1977, p. 365-377.

— « Éros palimpseste », *Revue des Sciences humaines*, n° 193, janvier-mars 1984, p. 179-199.

LEUWERS, Daniel, « *L'Ivre Œil* », *La Nouvelle Revue française*, n° 321, 1er octobre 1979, p. 130-132.

MALLET, Francine, « Des *Années sordides* à *La Marge*, l'œuvre de Pieyre de Mandiargues enrichit les mêmes thèmes », *Le Monde des Livres*, 3 mai 1967, p. I-II.

MIGUEL, André, « *Astyanax* », *La Nouvelle Revue française*, n° 65, 1er mai 1958, p. 896-898.

— « *Cartolines* et dédicaces », *La Nouvelle Revue française*, n° 100, 1er avril 1961, p. 743-744.

— « *L'Âge de craie* », *La Nouvelle Revue française*, n° 111, 1er mars 1962, p. 522-525.

— « Autre perspective du même espace », *Le Journal des poètes*, octobre 1968, p. 7-8.

PIATIER, Jacqueline, « André Pieyre de Mandiargues enfant terrible de la seconde vague », *Le Monde*, 18 décembre 1975.

PILLET, Alain-Pierre, « Bulle et poil, une lisière dans la touffeur mandiarguienne », *Pleine Marge*, n° 4, décembre 1986, Cognac, Le Temps qu'il fait, p. 69-85.

STÉTIÉ, Salah, « Pieyre de Mandiargues », *Dictionnaire de poésie de Baudelaire à nos jours*, dir. M. Jarrety, PUF, 2001, p. 601-603.

VISAGE, Bertrand, « Pieyre de Mandiargues André », *Dictionnaire des littératures de langue française*, dir. J.-P. de Beaumarchais, D. Couty et A. Rey, t. III, Bordas, 1984, p. 1753.

NOTICES ET NOTES

Les références aux manuscrits ou aux carnets du poète renvoient au fonds André et Bona Pieyre de Mandiargues déposé à l'IMEC (Abbaye d'Ardenne) par leur fille Sibylle. Les poèmes inédits en proviennent.

Page 25. RUISSEAU DES SOLITUDES

« Cinquième cahier de poésie » de Mandiargues, *Ruisseau des solitudes,* suivi de *Jacinthes* et de *Chapeaugaga,* a été publié chez Gallimard en 1968, avec un achevé d'imprimer du 2 octobre. Il a été tiré à 3 590 exemplaires numérotés. Les deux cahiers précédents, *Astyanax* et *Le Point où j'en suis,* avaient paru simultanément en octobre 1964. Comme eux, le nouveau Cahier comporte en frontispice un portrait photographique de l'auteur (non crédité). Précédé de la légende « Paris, 1967 », il présente le poète de profil droit, tourné aux trois quarts.

Dans le prière d'insérer qu'il a signé, Mandiargues fait apparaître la diversité d'un recueil composé en triptyque :

« Que la poésie puisse, ainsi que d'excellents esprits parmi nos contemporains le prétendent, se réduire à un *jeu* mené supérieurement par le poète, je ne l'ai jamais cru, je le nierai toujours, même si j'admets et si je me réjouis que la poésie se fasse *plaisanterie* parfois, jusqu'au plus mauvais goût. C'est la poésie, plutôt, qui mène impérieusement le poète, certains l'ont vu depuis longtemps. Mieux, c'est la poésie qui contient le poète. Mieux encore, je l'imagine dressée devant lui comme une sorte de miroir concave, dont le rayon de courbure le forcerait à une salutaire introversion. Ai-je jamais rien fait, quant à moi, que d'interroger ce qui paraissait dans le tain de ma poésie, et si je ne l'avais pas fait quel aveugle et combien n'eussé-je pas été ?

Ruisseau des solitudes est le spacieux miroir de mon existence depuis *Le Point où j'en suis*, celui où j'en étais quatre ans plus tôt. *Jacinthes* est un miroir plus restreint, plus étroit de courbure, plus ardent et plus aveuglant, qui me capta au moment du solstice d'hiver de 1965 et qui fut retiré (par qui ou par quoi ?) deux mois plus tard. Quant à *Chapeaugaga*, c'est un texte burlesque, composé à l'intention de mon ami le peintre Baj, qui aime les beaux bicornes et les belles broderies. En outre, je suis un peu bègue, comme il est connu, et les racines grecques agacent mes dents. Il y a des mots qui sortent en mauvais état de ma bouche. / A.P.M. »

À la parution du recueil, *Jacinthes*, deuxième volet du triptyque, a déjà été publié dans une édition luxueuse à tirage limité. Deux ans plus tard il en sera de même pour le troisième, *Chapeaugaga*. Selon une pratique constante de Mandiargues, les poèmes de *Ruisseau des solitudes* ont fait l'objet de publications préoriginales (PréO), dont certaines restent à identifier.

Ruisseau des solitudes

Page 31.

1. PréO sous le titre « Phonographie », *Les Lettres françaises*, 29 novembre 1967, p. 7. Pour René Lacôte, l'errance mortelle de Sigismond, le héros de *La Marge*, dans le plus sinistre quartier de Barcelone trouve ici sa conclusion (*Les Lettres françaises*, 6 novembre 1968).

Page 37.

1. « Rébellion », « Du géranium au vert » [*sic*], « Doigt divin », « High Society » ont été repris dans *Les Poèmes de l'année 1970*, Seghers, 1970, p. 160-163.

Page 41.

1. Dans « Variante », la dictée de l'inconscient l'a emporté sur la perfection de la forme (*Le Désordre*..., p. 248). Ce double poème « un peu inquiétant » est inséparable du souvenir d'Alejandra Pizarnik (1936-1972), une jeune poétesse argentine qui avait été particulièrement émue par ce poème et qui s'est suicidée. Entre

1960 et 1964, elle travaillait à Paris pour le journal *Cuadernos para la liberación de la cultura.* Mandiargues avait traduit un poème de son amie, « L'absent » (*La Nouvelle Revue française,* 1er août 1961). Voir *infra* « A.P. », un poème inédit qui lui est vraisemblablement dédié.

Page 45.

1. Comme pour « milan », Mandiargues a privé de majuscule tous les noms propres de *Ruisseau des solitudes.*

Page 46.

1. PréO dans *Les Cahiers de l'Oronte,* n° 3, juillet-août 1965, p. 46.

Page 50.

1. PréO dans *Fénix,* n° 3, Montpellier, janvier 1967, p. 3.

Page 54.

1. « Ton passage » est dédié à « C.R. », Chantal Rémy, réalisatrice et amie de Mandiargues, auteur d'un court-métrage muet sur « Le Passage Pommeraye », *Le Baldaquin truqué* (1965).

Page 59.

1. Comme « Ton passage », « High Society » est dédié à Chantal Rémy.

Page 62.

1. PréO dans *Le Temps des loups,* n° 3, 4e trim. 1965, p. 11. Il y est dédié « à J. L. », devenue ici Josée Lapeyrère, la directrice de la revue.

Page 64.

1. PréO dans *L'Événement,* janvier 1968, p. 58. Allusion au général Franco qu'il traitera de « furhoncle » dans *La Marge,* roman pour lequel il se documente alors à Barcelone.

Page 68.

1. PréO : « Pour Magritte », *Opus international,* n° 2 (« L'Œil vérité »), juillet 1967, p. 35-39. La version recueillie présente d'assez nombreuses retouches. Dans la PréO, par exemple, la section VII est tout entière au futur. Mandiargues s'est amusé à essayer plusieurs titres : « Poèmes à tarte », « Poèmes à tartes », « Tarte aux poèmes », mais toujours « pour Magritte ». Il a consacré deux essais à René Magritte (1898-1967) qu'il tenait pour le plus

surréaliste des peintres surréalistes : « La révolution dans l'image » (*Troisième Belvédère*, p. 108-110) et « Magritte à Bruxelles » (*Quatrième Belvédère*, p. 172-176).

Page 76.

1. PréO dans *Strophes*, n° spécial 5-8 (« Le Poème en prose », Asnières, février 1966, p. 48). Ce poème s'adresse évidemment à Bona, rencontrée le 17 octobre 1947. Le Ms a été reproduit en fac-similé dans *Biblio* (« Mandiargues »), n° 9, novembre 1966.

Page 77.

1. Sibylle, fille unique de Bona et d'André Pieyre de Mandiargues, est née le 24 juillet 1967.

Page 78.

1. « Courtgon » : Mandiargues ironise sur le prix Goncourt qui lui a été décerné en 1967 pour *La Marge*, un roman que certains critiques ont jugé trop « littéraire ». Le « gon prochain » sera Bernard Clavel pour *Les Fruits de l'hiver*. En désaccord avec ce choix Aragon démissionnera du jury. Pour approuver Mandiargues ?...

Page 79.

1. Mandiargues était passionné d'alchimie et d'astrologie, comme le montre *Un Saturne gai*, qui s'ouvre sur son thème astral suivi d'une interprétation par Yvonne Caroutch. Plutôt qu'en adepte convaincu il se présente comme un amateur averti, sensible aux suggestions poétiques de ces grilles de lecture.

Page 81.

1. Cette exaltation de la grande manifestation du 13 mai 1968 à Paris est d'un prosaïsme (ou d'une platitude) qui peut surprendre. Faut-il y voir l'indice d'un doute ? Ou d'un décalage inquiétant entre « un mot exaltant à tous les points de vue », comme il le confie à Yves de Bayser, et toute tentative de traduction politique ? « C'est un de ces mots-clés qui ouvrent des portes lourdes comme du plomb, c'est un de ces mots comme volcan, comme foudre, comme neige, comme printemps, comme floraison ; c'est un mot optimiste, c'est un mot qui est dirigé vers le haut » (*Plexus*, novembre 1969, p. 48). Un mot à réserver aux poètes ?

L'édition originale de *Jacinthes* a été publiée en 1967 chez O.L.V. (Odette Lazar-Vernet), dans la collection « Paroles peintes », IV. D'un format in-4°, elle est illustrée par des eaux-fortes d'Alexandre Bonnier et son tirage limité à 85 exemplaires. Les pages de garde sont mêlées de cheveux féminins. C'est le premier livre illustré par Alexandre Bonnier (1932-1992), licier à Aubusson avant de devenir peintre et graveur. Mandiargues voyait en lui « le géographe du tendre » (*Troisième Belvédère*, p. 86-88). Le Ms de *Jacinthes*, un cahier d'écolier de onze pages, a été vendu par la Librairie Galerie Emmanuel Hutin en 2001. Il comprend « Jacinthe omise », un quatorzième poème non retenu pour l'édition, peut-être pour des raisons de numérologie (*Ruisseau des solitudes* est composé de 39 poèmes : 3 x 13). Nous le présentons ici pour la première fois grâce à l'obligeance de ce libraire.

La suite des treize *Jacinthes* constitue certainement une des réussites majeures du poète. Il a évoqué les circonstances de ces « poèmes assez noirs » : une difficulté à vivre les changements d'année, la solitude dans une chambre luxueuse du château Mouton-Rothschild, avec des jacinthes dont l'odeur sexuelle finissait par devenir obsédante. Dans cette série à variations, écrite entre le 30 décembre 1965 et le 28 février 1966, la cristallisation poétique atteint une densité et une complexité exceptionnelles. Ce qu'il appelle ailleurs « le Mont-joie des circonstances », le symbolisme floral et les références mythologiques s'allient pour donner naissance à un mythe personnel des plus singuliers. Par leur odeur violemment érotique, les jacinthes entrent en correspondance dans l'univers du poète avec les algues de Berneval et les lis de mer découverts en Sardaigne. Mais elles sont prises ici dans un jeu de métamorphoses qui les fait osciller entre le féminin et le masculin. En réveillant l'étymologie qui les unit en secret, *hyacinthus*, le poète fait voir en elles tour à tour des fleurs (les *jacinthes*) et des pierres précieuses (les *hyacinthes*). Par touches discrètes, cette indécision chère au poète de la pierre renouvelle le mythe antique qui fait naître la jacinthe du sang versé par le bel Hyacinthe dont Apollon était épris et qui fut décapité par un palet (ou un galet) malencontreusement lancé. Perdu d'affliction le dieu fit éclore du sang de son ami une fleur rouge à laquelle il donna son nom. Un lien de sang entre la pierre et la fleur place « ce funèbre plant » sous le signe de l'incertitude sexuelle : « J'ai retourné comme un sac / Le sexe pâle de la jacinthe ». La voici tantôt promise à « un effeuillement de putain », tantôt propice à ouvrir « le sexe des amantes ». Répandant « une odeur de fille épanouie » tout en faisant entendre « le bruit du sexe de la sainte ancienne » que conserve son nom « terrible », « plus jeune d'être horizontale » comme une gisante, passant d'un règne à l'autre et d'un sexe à l'autre, fleur panique, stèle et vanité, la jacinthe que se disputent Éros et Thanatos est un emblème éminemment mandiarguien.

Page 91.

1. Mandiargues présente « Jacinthe V » comme un poème influencé par la musique moderne : « je pense à Webern surtout, à ses jeux brefs de sonorités, à ses notes ou groupes de notes qui bondissent comme des balles, qui surgissent d'on ne sait où, montent ou tombent dans on ne sait quoi, s'apparentent aux mots purs, détachés du contexte, dans la poésie moderne » (*Le Désordre...*, p. 246-247).

Page 105. *Chapeaugaga*

Après la parution du recueil, *Chapeaugaga ovvero academic micmac* a fait l'objet en 1970 d'une publication luxueuse avec quinze eaux-fortes d'Enrico Baj, à Milan (Edizioni d'Arte Grafica Uno, Giorgio Upiglio). Tirage limité à 100 exemplaires. Proche de Cobra et du surréalisme, Enrico Baj (1924-2003) est un créateur de fantoches (généraux à décorations, dames du grand monde...) à l'aide de matériaux de récupération. C'est un des artistes préférés de Mandiargues qui présenta plusieurs de ses expositions : « Baj » (*Deuxième Belvédère*, p. 211-216), « Meubles de Baj » (*Critiquettes*), « Pour une école de monstres » (*Troisième Belvédère*, p. 122-124). Outre *Chapeaugaga*, il illustra plusieurs ouvrages du poète (*Les Incongruités monumentales*, 1967 ; *Le Lièvre de la lune*, 1970). « Le minoutaure » lui sera dédié dans *L'Ivre Œil*.

Du bégaiement dont il a été affligé dans sa jeunesse Mandiargues s'amuse ici à tirer une poétique burlesque. Mais, loin d'être gratuit, le jeu tourne au jeu de massacre. En une phrase unique qui semble interminable à force de butées verbales, de dérapages et de ratures, l'Académie française devient en quelque sorte imprononçable. Lorsqu'elle accède enfin à l'énonciation c'est pour voir ridiculiser ses attributs traditionnels, notamment l'uniforme que le poète déteste autant qu'Enrico Baj. Sous la critique de l'institution le poète n'a pas caché qu'il visait son ami Jean Paulhan. Faisant fi de ses déclarations antérieures, celui-ci n'a pas craint de se mêler à l'« Academic micmac » le 24 janvier 1963. Mandiargues ne comprend pas comment celui qu'il compte parmi les « grands supérieurs » a pu accepter « l'effroyable promiscuité que représente cette tourbe de mauvais écrivains, de militaires, de gendarmes, de curés, de professeurs, de tout ce que vous voulez de pire encore ; il y a même, me dit-on, des gens du monde ». (Entretien avec Yves de Bayser, *Plexus*, novembre 1969, p. 47.) Par ses cascades de mots déformés ou inventés, *Chapeaugaga* que Mandiargues compare à l'*Ursonate* de Kurt Schwitters fait également songer à certains poèmes d'Henri Michaux, comme « L'avenir » dans *La Nuit remue* (1935). Il avait inauguré cette forme de poésie dans *Cartolines* en 1960 (*Le Désordre...*, p. 240).

Page 111. L'IVRE ŒIL

L'Ivre Œil, suivi de *Croiseur noir* et de *Passage de l'Égyptienne*, constitue le « sixième cahier de poésie » de Mandiargues. Il a été publié chez Gallimard en 1979, onze ans après le précédent. En frontispice, une photo de l'auteur due à Keiichi Tahara. Légendée « Paris, 1978 », elle présente le poète de profil gauche. « J'ai pensé qu'il n'était pas mal pour ce livre, qui est probablement le dernier de mes recueils de poésie, de mettre un profil de la bête... » réplique-t-il à Monique Pétillon qui l'interroge sur cette coutume (*Le Monde*, 20 juillet 1979).

Le prière d'insérer rédigé par le poète (mais à la troisième personne) est suivi du quatrain qui figure en exergue du recueil : « *L'Ivre Œil* rassemble tous les poèmes écrits par André Pieyre de Mandiargues en ces dix dernières années. Poèmes d'amour, poèmes érotiques, poèmes funèbres, poèmes d'émerveillement devant l'œuvre des artistes, poèmes de dépouillement, d'approfondissement, d'intuition et d'éclairement de la condition d'un poète en existence provisoire dans un univers qui garde son secret, poèmes d'humour ou d'enthousiasme, poèmes de colère ou de mépris... Mais la poésie n'est-elle pas le fait de ces échos ou de ces reflets qui par l'ouïe et la vision, conscientes ou non, paraissent devancer le travail du poète sur la matière du langage ? »

Ce recueil est l'un des préférés de son auteur qui songea à clore avec lui son œuvre poétique. La variété de ces poèmes offre un portrait fidèle de l'amateur autodidacte pour lequel Mandiargues aime se donner. Il y rassemble tout ce qu'il a écrit de 1968 à 1978, en laissant se dessiner contre la chronologie « quatre courants de poèmes » (Entretien avec Gilles Costaz, *Galerie des Arts*, juin 1978). Le premier réunit ceux qui sont consacrés aux peintres ou aux écrivains et se présentent malheureusement parfois comme des hommages funèbres (Gnoli, San Lazzaro, Follain, Elsa Triolet), qu'il nomme « tombeaux » en référence à Mallarmé pour lequel il a un culte. Des poèmes érotiques (« Prosternement », « Agenouillement ») forment le deuxième tandis que le troisième, le plus abondant, regroupe des poèmes plus courts, plus « conceptuels », « où revient le thème du miroir par rapport au temps ». S'y ajoutent enfin de longs poèmes comme *Croiseur noir* et *Passage de l'Égyptienne*. Mandiargues souligne par ailleurs que « la mort est partout présente » dans le recueil et que, contrairement à beaucoup de modernes, tous ces poèmes ont un sujet (Entretien avec Claude Bonnefoy, *Les Nouvelles littéraires*, 21 juin 1979).

L'Ivre Œil

Page 115.

1. La double graphie « L'ivre-livre » place le recueil sous le signe du miroir. Mandiargues s'est réjoui que le « marinisme » de ce jeu de mots ait déconcerté les typographes (qui ont tenté de le corriger) et surtout déplu aux critiques.

Page 117.

1. PréO en fac-similé dans le catalogue *Bona, tableaux, cousus-collés, dessins*, Galerie 3 + 2, mai 1970. Reprise dans *Opus international*, n° 19/20, octobre 1970, p. 139.

Page 120.

1. Milvia Maglione (née en 1934) est une artiste française d'origine italienne. Une de ses œuvres figurait en 1990 dans l'exposition *Le Belvédère Mandiargues* (José Pierre, Artcurial, p. 124).

Page 121.

1. PréO en fac-similé dans *XXe siècle* (« Hommage à Max Ernst »), n° spécial, 1971, p. 97-100. Mandiargues tenait en grande estime et amitié Max Ernst qu'il considérait comme « le plus peintre de tous les peintres surréalistes » tandis qu'il voyait en Magritte, on l'a noté, « le plus surréaliste de tous les peintres surréalistes ». Cinq essais témoignent de cette prédilection : « Max Ernst, 1958 », *Le Belvédère* (p. 137-144), « La Griffe de Max Ernst », *Deuxième Belvédère*

(p. 139-152), « Le Renouveau dans la carrière de Max Ernst » (*Ibid.*, p. 153-160), « C'est assez beau comme ça », *Troisième Belvédère* (p. 11-42) et « Lit-cage » (*Quatrième Belvédère*, p. 164-171).

Page 124.

1. PréO dans *XXe siècle*, n° 43, décembre 1974, p. 78. Il s'agit de la rue de Sévigné, à Paris, le long du musée Carnavalet. Mandiargues a fait l'éloge de l'érotisme « priapique » des lithographies d'André Masson (1896-1987) dans *Éros solaire* (Tchou, 1970), repris sous le titre de *Terre érotique* (1974) (*Quatrième Belvédère*, p. 181-186).

Page 127.

1. PréO en fac-similé dans *XXe siècle*, n° 43, décembre 1974, p. 23. Selon la manière enveloppante ou spiraloïde qu'a le poète de traiter ses amis peintres, Joan Miró (1893-1983) occupe plusieurs places dans l'univers du poète : objet et dédicataire d'un poème comme ici (dans *Ruisseau des solitudes*, « Digue » lui est également dédié), il accompagnera *Passage de l'Égyptienne* de ses eaux-fortes et il a fait l'objet d'une critique d'art (une seule, et couplé à Artigas) dans « Terres nouvelles » (*Troisième Belvédère*, p. 43-48).

Page 130.

1. PréO : « À la mémoire de Domenico » a été publié en préface du catalogue de l'exposition *Gnoli*, à la Galerie Krugier, Genève, 1970. Ce poème a été repris dans *Domenico Gnoli*, catalogue de l'exposition du Centre national d'art contemporain (16 novembre-7 janvier 1974), puis dans celui de l'exposition *Gnoli*, Galeria Giula, Rome (avril 1981). L'œuvre de Domenico Gnoli (1933-1970), mort en pleine jeunesse, avait « émerveillé » Mandiargues qui la célèbre dans « Gnoli ou l'amour et l'illustration de la vie quotidienne » (*Troisième Belvédère*, p. 104-107). Ce « tombeau » au sens mallarméen est l'un des poèmes du recueil qu'il préfère.

Page 132.

1. Mandiargues partage avec Hans Bellmer (1902-1975), auteur de la célèbre Poupée, un goût de l'érotisme cruel dont il fait l'éloge dans « Anatomie de l'image (*Ultime Belvédère*, p. 73), « Morale de la gravure » (*Troisième Belvédère*, p. 128-130) et « Le Trésor cruel de Hans Bellmer » (*Quatrième Belvédère*, p. 131-144).

Page 133.

1. À Gilles Costaz : « J'utilise l'alexandrin en le ridiculisant un peu, comme Apollinaire » (*Galerie des arts*, juin 1979, p. 80.)

Page 134.

1. L'édition originale de *Parapapillonneries* a paru chez Michel Cassé en 1976. Les poèmes accompagnent des lithographies de Meret Oppenheim (1913-1985). Cette artiste suisse fut la compagne de Mandiargues, qui lui a dédié *Hedera ou la persistance de l'amour pendant une rêverie* en 1945. Elle a inspiré nombre des poèmes de *Dans les années sordides.*

Page 136.

1. PréO dans *La Nouvelle Revue française*, n° 296, 1er septembre 1977, p. 2-8. Célébré par les surréalistes, le peintre serbe Ljuba (Popovic Alekse Ljubomir, né en 1934) est aux yeux du poète « un grand enchanteur des temps modernes », qui lui a été révélé par René de Solier et qu'il compare à Bosch, au Tintoret, au Titien ou à Gustave Moreau. Pièce maîtresse du recueil, ce poème a été écrit après un séjour dans l'île dalmate de Vrnik en compagnie du peintre. La forme de l'ode, choisie par esprit de provocation, a été suggérée par les Odes de Lorca à Dalí et à Whitman. Pour saluer celui qui lui est « si proche », comme le confirme l'importance du thème minéral, Mandiargues reprend une formule élective qu'il n'utilise que pour Hundertwasser et Michaux : « Aimer Ljuba » (*Ultime Belvédère*, p. 127-143). Parmi les nombreux peintres qui entrent dans le Belvédère de Mandiargues, Ljuba apparaît ici comme un double.

Page 144.

1. Mandiargues ne sépare pas dans son admiration Breton et Aragon dont *Le Paysan de Paris* a inspiré « Le Passage Pommeraye » (*Le Musée noir*). À ses yeux, leur rupture relève simplement d'une « conception différente de l'esprit révolutionnaire », le premier faisant passer l'esprit libertaire avant la victoire de la révolution, et il se refuse de choisir entre eux (*Le Désordre...*, p. 142-143).

Page 146.

1. C'est à partir du nom d'Elsa Triolet (1896-1970), romancière et compagne d'Aragon, que Mandiargues a construit son « tombeau ».

Page 148.

1. PréO dans *La Nouvelle Revue française*, n° 222 (« Jean Follain »), 1er juin 1971, p. 14-15. Derniers vers de la PréO : « Vit-il à dernière vue / Un fantôme bénévole / La femme au collier de velours ? » Le poète Jean Follain (1903-1971) venait de mourir, renversé par

une voiture. Mandiargues et lui se retrouvaient fréquemment dans la librairie de Marcel Béalu, Le Pont traversé, rue Saint-Séverin.

Page 150.

1. PréO dans *Sud*, Hors série, printemps 1979, p. 168. Titres biffés sur le Ms : « Enchantement », « Le poème de Follain ». Un carnet de Mandiargues contient cette variante de premier jet : « Un tout simple poème / Le poème de Jean Follain / Jeté comme en sainte simplicité / Sur les sillons d'une terre banale / Ouvre au ras de celle-là / Une singulière fleur d'où le sang parfois dégoutte ».

Page 151.

1. PréO dans *XXe siècle*, n° 43, décembre 1974, p. 4. Autre hommage funèbre au poète Gualtieri di San Lazzaro qui, de 1938 à 1974, fut le directeur de la revue *XXe siècle*, « Cahiers d'art », à laquelle comme ici Mandiargues a souvent collaboré à partir de 1958. L'allusion finale à la mort de Gérard de Nerval, qui s'est suicidé le 26 janvier 1855, renvoie aussi à son divorce avec Bona qui « par un sombre hasard » prit effet le jour anniversaire de cette mort, en 1961 (*Un Saturne gai*, p. 152).

Page 153.

1. *Le Lièvre de la lune* a été publié en édition originale à Milan, M'Arte Edizioni, coll. « Imagini e teste n° 2 », en 1970. Ses 149 exemplaires comportent 2 eaux-fortes d'Enrico Baj. Le texte en fac-similé est accompagné d'une traduction italienne par Roberto Sanesi.

Page 162.

1. Poète et romancier genevois, Olivier Perrelet (né en 1944) est l'auteur d'un recueil de nouvelles *Les Petites Filles criminelles* (Mercure de France, 1967). Mandiargues qui le préface voit en lui un héritier des romantiques allemands (*Troisième Belvédère*, p. 288-289).

Page 167.

1. *Bona l'amour et la peinture* s'achève sur ce poème reproduit en fac-similé (Skira, 1971, p. 120).

Page 169.

1. « Grande route », 6 exemplaires manuscrits illustrés de gouaches de Philippe Lepatre, 8 p., s.l., décembre 1977.

Page 172.

1. Mandiargues répondait aux enquêtes par un bref poème : « Toute réponse rayerait / Le clair miroir du questionnaire. »

Page 175.

1. Note dans un carnet du poète : « Les miroirs ont ceci de particulier qu'ils sont invisibles. D'un miroir a-t-on jamais vu autre chose que le cadre, et il faut le dépolir (c'est-à-dire le détruire, détruire en lui le fait du miroir) pour le saisir en tant qu'objet visible. »

Page 177.

1. Dans *La Nuit séculaire* (1979), les marins du croiseur *Aurora* viennent fêter le nouveau siècle chez la baronne Barbro.

Page 178.

1. Un Ms de travail offre une version plus personnelle : « Tes yeux » (v. 3) ; « Si tu n'avais quitté ma main / Si j'avais mieux tenu la tienne, // Nous eussions dormi mille ans [...] ». Mandiargues s'est peut-être souvenu du célèbre poème de Paul-Jean Toulet : « Dans Arle, où sont les Aliscams... ».

Page 180.

1. À Yvonne Caroutch qui lui demande s'il souhaite être incinéré, Mandiargues réplique en lisant « Unquiet grave », qui est le « titre d'un livre d'un genre indéfinissable de Cyril Connolly » (*Un Saturne gai*, p. 42-43).

Page 182.

1. PréO en fac-similé dans *Le Puits de l'ermite*, n° 20, 1973, p. 18.

Page 183.

1. *L'Amer Isthme*, illustré par Sebastian Matta, est paru en édition originale en 1970, aux Éditions Odette Lazar-Vernet, coll. « Paroles peintes » vol. IV. Il était d'abord prévu dans *Ruisseau des solitudes*. Cette variation à la douleur allusive et retenue sur « L'Héautontimorouménos » de Baudelaire fait-elle écho à la séparation d'avec Bona intervenue après la découverte de « l'amer isthme » mexicain ?

Page 190.

1. PréO dans *Verticales 12. Les Cahiers du poétisme*, n°s 15/16, Decazeville, printemps-été 1973, p. 38.

Page 191.

1. « Violon mémorable » est ainsi présenté à Francine Mallet : « je viens d'écrire un court poème, un peu trop régulier pour mon goût, qui est un souvenir de nos voyages d'autrefois et qui achèvera de vous dire ce que je pense de [Henri Cartier-Bresson] » (*Le Désordre...*, p. 72).

Page 196.

1. Réponse à *l'Enquête sur l'amour* lancée par Pierre Dhainaut dans *Gradiva Symbolisme Surréalisme Poésie*, n° 3, Bruxelles [1972], p. 23.

Page 199.

1. *Verte chevelure*, illustré par Bona, a été publié en décembre 1975 par les éditions Odette Lazar-Vernet, (coll. « Paroles peintes », vol. V, 132 exemplaires). Parmi les variantes biffées sur le Ms : « J'ai connu un ambassadeur de France / Ministre de surcroît / Qui disait sa répugnance pour eux / Mais ce n'était qu'un ambassadeur ». Ce poème fait allusion à une controverse avec André Breton qui au cours d'un jeu surréaliste refusait d'admettre que Mandiargues « définisse Baudelaire par l'artificiel opposé au naturel » (*Le Désordre...*, p. 135). Au sujet de cet « accrochage » il confie par ailleurs à Gilles Costaz « J'étais aussi respectueux avec lui qu'il était dominateur avec moi ». (*Galerie des Arts*, juin 1979, p. 79.)

Page 215.

1. Mandiargues décrit la genèse de « Lèvres bleues » dans *Le Désordre...* (p. 221-222). Il le cite en exemple de poème à dominante d'octosyllabes dont la cadence est interrompue par des vers impairs (Entretien avec Monique Pétillon, *Le Monde*, 20 juillet 1979).

Page 217.

1. PréO : « Mouche » dans *Le Monde*, 31 mai 1974, p. 18.

Page 228.

1. Titre biffé sur le Ms : « Routine ».

Page 234.

1. Allusion à *L'Anglais décrit dans le château fermé*, roman érotique paru en 1953 sous le pseudonyme de Pierre Morion et que Mandiargues venait de reconnaître (« L'Anglais », *NRF*, n° 317, 1er juin 1979).

Page 237. *Croiseur noir*

L'édition originale de *Croiseur noir* a été publiée en 1972 chez O. Lazar-Vernet dans la collection « Paroles peintes ». D'un format in-4, en feuilles, elle comporte 6 eaux-fortes de Wifredo Lam et a été tirée à 150 exemplaires. C'est la seule collaboration du poète avec Lam (1902-1982), peintre surréaliste cubain qu'il a rencontré à La Havane en 1958. Il voit en lui un « naturaliste avec une sorte de splendeur fauve » dans « W. Lam ! » (*Quatrième Belvédère*, p. 177-180).

Mandiargues présente *Croiseur noir* comme « une rêverie poétique sur les sous-marins atomiques, ces grands poissons mécaniques mus par un moteur atomique et qui portent la mort atomique sous forme de fusées. Il s'agit d'une mort en puissance, non réalisée, et qui est comme le signe noir de notre époque. Par là, c'est un poème fantastique. » (Entretien avec Claude Bonnefoy, *Les Nouvelles littéraires*, 21-28 juin 1979). Par son ampleur épique et ses couleurs apocalyptiques, cette « vision » de sombre prophétie appartient à la veine métaphysique du recueil, de même que *Passage de l'Égyptienne* dans une tonalité différente. *Croiseur noir* auquel le poète attachait une grande importance prend place dans le sillage du « Bateau ivre » de Rimbaud ou de la « Prose du Transsibérien » de Cendrars.

Page 247. *Passage de l'Égyptienne*

PréO : *La Nouvelle Revue française*, n° 305, 1er juin 1978. Ce poème a été écrit à Venise pour « répondre » à des lithographies de Miró. Les exigences du peintre ont retardé la parution du livre illustré qui ne sortira qu'en 1987, chez R.L.D. [Robert et Lydie Dutrou]. Une séquence de ce poème alors inédit, la dixième, a été citée à Francine Mallet (*Le Désordre*..., p. 241-242).

Mandiargues avait cru apercevoir dans les eaux-fortes de Miró des roseaux, des étreintes, ce qui, confie-t-il à Monique Pétillon, lui a mis en mémoire la légende de Marie l'Égyptienne, « cette sainte qu'on a tort de confondre parfois avec la Madeleine et qui aurait payé de son corps le passage d'un fleuve en s'offrant au batelier » (*Le Monde*, 20 juillet 1979). Il a toujours trouvé quelque chose de très érotique aux lieux plantés de roseaux, les berges des marais, les rivières très calmes, probablement en souvenir de Pan. Si le poème a été bien reçu, son auteur le juge peut-être moins inspiré que d'autres parce qu'il ne lui a pas donné, comme *Croiseur noir* ou *Verte chevelure*, « le sentiment d'être transporté dans un autre monde de façon incompréhensible ». À vingt-cinq ans d'écart ce poème d'été fait écho au *Lis de mer* par l'émotion panique qui l'anime, au risque pleinement assumé du sacrilège. Sous le masque de la sainte, et dès le titre, se devine un hommage discrètement complice à Joyce Mansour (1928-1986), poétesse d'origine égyptienne dont l'écriture agressivement érotique a séduit Mandiargues dès la parution de *Cris* (1954). Une grande amitié amoureuse les unissait et il lui a dédié « Le nu parmi les cercueils », un conte de *Feu de braise*. Dans *Tout disparaîtra* (1987), son ultime roman, un avatar de Marie l'Égyptienne ressurgira à la pointe de l'île de la Cité sous les traits immémoriaux de Miriem Ben Saada, « fille du fleuve », qui possède le don de suspendre son âme au-dessus de son corps « besogné ». Elle se suicide devant Hugo Arnold, évident porte-fantasmes de l'auteur, afin qu'il soit accusé du crime et puisse ainsi entreprendre sa rédemption.

Page 263. ÉCRITURE INEFFABLE

Écriture ineffable a été publiée en 1988 chez Fata Morgana, à Montpellier. Cette édition est limitée à 90 exemplaires sur vélin pur fil d'Arches, les 30 premiers comportant trois eaux-fortes de Mehdi Qotbi, et deux pour les suivants. Mehdi Qotbi, né à Rabat en 1951, mène une double carrière de peintre et de médiateur culturel entre le Maroc, son pays, et la France. Considérant son œuvre comme une peinture-écriture il transpose les signes arabes hors de leur emploi linguistique sur un plan visuel ou musical.

Il s'agit de l'avant-dernière plaquette publiée par le poète avant *Les Portes de craie*. Jamais repris jusqu'ici, ce poème daté du 12 juin 1987 est l'un des moins connus et sans doute l'un des plus secrets de Mandiargues. Dès son titre et jusqu'à l'hommage rendu au « Toscan sublime », il se présente comme une parole ultime, et peut-être le testament du poète. Entremêlant en un filet unique les deux arts majeurs qu'auront été pour lui l'écriture et la peinture, il porte l'éloge de la « fureur de tracer des traces » en deçà ou au-delà de toute signification pour offrir une dernière parade des couleurs tant aimées aux « quatre vents des quatre éléments ». Le sentiment panique qui anime toute l'œuvre de Mandiargues s'élève ici vers l'ineffable du désir, en écho à *Tout disparaîtra*, son ultime roman, exactement contemporain.

Page 268.

1. Allusion au dernier vers de *La Divine Comédie* de Dante : « *l'amor che move il sole e l'altre stelle* », que Mandiargues a traduit par « L'amour qui meut le soleil et les autres planètes » (*Le Désordre...*, p. 78). Dans sa pensée les mouvements de la marée sous l'influence de la lune se confondent avec ceux de l'amour comme la « grande force d'attraction qui régit l'univers ».

Page 269. GRIS DE PERLE

« Dernier cahier de poésie », *Gris de perle*, suivi de *Les Portes de craie*, *Cuevas blues*, *Sept Jardins fantastiques* et *Les Variations citadines* est un recueil posthume publié chez Gallimard en 1993. Les quatre premières parties de cet ensemble ont été conçues et composées par Mandiargues. La publication a été assurée par sa fille Sibylle qui a complété le volume par *Les Variations citadines*, un recueil inachevé publié en 1992, après la mort du poète. Conformément aux vœux de l'auteur, *Gris de perle* comporte en frontispice une photo de Graciela Iturbide le représentant dans son appartement, la main posée sur un cheval de manège. Il avait songé à intituler ce recueil *Fille de perle* (entretien avec Aliette Armel, *Magazine littéraire*, septembre 1988).

Dans la continuité de *L'Ivre Œil*, *Gris de perle* recueille trente-cinq poèmes de circonstances, comme eux dépouillés et presque toujours datés, écrits de 1974 à 1990. Mais, qu'il s'agisse de rencontres, de souvenirs ou de fantasmes, c'est le vieillissement qui domine de plus en plus et l'attente de la mort. Un rappel de jacinthes, une combinaison de couleur tango « où des seins nus dansaient », « le mot de Suède » nourrissent désormais sa mémoire dans l'« anhydre solitude ». Aux évocations érotiques qui ne cessent de le hanter de leurs précisions, le poète demande d'éclairer « une vie qui décline », comme dans « Gris de perle » qui donne au recueil son nom et sa tonalité. Sont-elles réelles, en effet, ou bien filles du songe ces Aline, Axelle, Solaire Sun ou la passante de « Bouclier de violettes » dont le défilé spectral scande le recueil ? Si le poète laisse poindre quelques regrets devant la beauté des femmes à laquelle il reste si sensible, c'est avec un pathétique retenu et pour mieux se convaincre que la dernière à entrer dans la ronde sera la « jolie Mort » de « Couvre-terre ». C'est elle qu'il s'agira alors d'épouser « sous le drap de pierre ».

Page 273.

1. PréO dans *La Lumière du jour, Actual,* août 1979, p. 127-128. Mandiargues se souvient sans doute d'« Artémis », le sonnet de Nerval également intitulé « Ballet des heures », qui s'ouvre sur le vers : « La Treizième revient... C'est encor la première ».

Page 276.

1. « Aline » remplace « Odile » sur le Ms.

Page 277.

1. PréO dans *La Nouvelle Revue française,* n° 428, 1er septembre 1988, p. 89-90. Giorgio De Chirico (1888-1978), le fondateur de l'école métaphysique, est salué par Mandiargues comme un « grand voyant » (*Troisième Belvédère,* p. 65-72). Dans son admiration il l'associe à Filippo de Pisis, l'oncle de Bona, et à Giorgio Morandi. Adoptant le point de vue surréaliste, il considère que celui qui fut le plus inspiré des artistes modernes s'est ensuite renié « maniaquement » et « survit comme un corps privé d'âme ». La nouvelle « La Rébellion de l'ombre » est dédiée « à l'ombre de Giorgio De Chirico » (*Le Deuil des roses,* 1983).

Page 281.

1. Jacqueline Demornex, journaliste et amie du poète, s'est reconnue dans cette évocation (*Le Pire, c'est la neige,* Sabine Wespieser, 2009, p. 188).

Page 288.

1. Dès la parution de *Nadja* en 1928, Mandiargues n'a cessé de relire ce récit fondateur où grâce à la rencontre la merveille ne se sépare pas de la vie réelle. Il reproche cependant à Breton d'avoir supprimé dans la version retouchée de 1962 l'évocation de la nuit passée à Saint-Germain-en-Laye avec sa compagne, donnant ainsi à Nadja « une apparence plus spectrale » pour en faire « une sorte de sylphide » aux dépens de l'histoire d'amour (*Le Désordre,* p. 112-116).

Page 296.

1. Écho lointain à la série des *Jacinthes* dans *L'Ivre Œil.* Jacqueline Demornex s'est également reconnue dans ces initiales (*Le Pire, c'est la neige, op. cit.,* p. 187).

Page 298.

1. Compositeur réputé énigmatique et longtemps controversé, Giacinto Scelsi (1905-1988) est avec Webern et Berg un des musiciens modernes qu'invoque cet ami des peintres. En témoigne « Une musique monophone », écrit après un concert à Chaillot qui proposait *Quatre pièces sur une seule note pour orchestre* à la suggestion d'Henri Michaux (*Deuxième Belvédère*, p. 241-243). Si l'on ajoute un compte rendu de l'*Elektra* de Richard Strauss paru dans *Arts* mais jamais recueilli, c'est le seul texte consacré par le poète à la musique. En février 1964, il confiait pourtant à la revue *Musica* : « La musique compte beaucoup pour moi. Parmi les arts, c'est, je pense, celui qui m'émerveille le plus. Je l'entends en profane et, à l'opposé de la peinture et de la sculpture, je ne sais pas du tout comment c'est fait. J'aime l'opéra : Mozart... Wagner... l'opéra italien jusqu'à Verdi... mais je suis très sensible aussi à la musique très moderne, dodécaphoniste, Berg... Schönberg... » Mais, ajoute-t-il, si la musique moderne lui fournit « des motifs de rythme verbaux », c'est dans le silence qu'il lui faut travailler.

Page 301.

1. PréO dans *La Nouvelle Revue française*, n° 349, 1er février 1982, p. 172.

Page 304.

1. PréO : « Lune noire » dans ses deux versions a été publié dans *Le Monde Dimanche* (11 juillet 1982, p. X).

Page 314.

1. À Friedensreich Hundertwasser (pseudonyme de Friedrich Stowasser, 1928-2000), peintre, théoricien et architecte autrichien, Mandiargues a consacré un essai au titre éloquent : « Aimer Hundertwasser » (*Quatrième Belvédère*, p. 209-214).

Page 319.

1. PréO dans *La Nouvelle Revue française*, n° 349, 1er février 1982, p. 171. Ce titre (plutôt austère) a été envisagé pour le recueil tout entier.

Page 321. *Les Portes de craie*

Les Portes de craie a paru en édition originale chez Robert et Lydie Dutrou, en 1989, avec 14 illustrations de Pierre Alechinsky.

Cette édition pour bibliophile a été tirée à 205 exemplaires sur Arches. Pierre Alechinsky (né en 1927 à Bruxelles) est une des principales figures du mouvement Cobra. Mandiargues a rendu un hommage malicieux et crypté à ce mouvement dans la nouvelle « Des cobras à Paris », dont le héros se nomme... Pierre Galet (*Le Deuil des roses*, 1983 ; *Récits érotiques et fantastiques*, coll. « Quarto », p. 853-861).

Ce recueil au titre symbolique est le dernier qu'a publié Mandiargues. Les dix poèmes tous datés qu'il réunit ont été écrits de 1984 à 1987. Les portes de craie qui s'ouvrent sur une « Poussée de printemps » dédiée à Bona se referment, non sans malice, sur une double vision d'Atalante tour à tour victorieuse et vaincue. Dans « l'incarnation fabuleuse du mythe » de celle qui promettait d'épouser celui qui la vaincrait à la course mais pour mieux vaincre ensuite son vainqueur, se reconnaît une image de femme impérieuse qui n'a cessé de hanter l'imaginaire du poète. De *L'Âge de craie*, qui révélait en 1961 les premiers poèmes qu'il a écrits, aux *Portes de craie*, une boucle se boucle avec ce jeu de titres, dans une fidélité sans défaillance à l'émerveillement des origines. C'est sur la craie de son enfance, figure élective de la pierre et matière essentielle de sa création poétique, que le poète au nom de Pieyre rappelle une fois encore qu'il a bâti son œuvre. Il en a fait pour ainsi dire sa signature minérale. Avec *Tout disparaîtra* (1987) et *Écriture ineffable* (1988), *Les Portes de craie* appartient à la série des congés que Mandiargues prend de ses lecteurs.

Page 332.

1. « Supplice de la rose » remplace « Cétoine dorée », biffé sur un premier état daté du 19 mars 1985.

Page 336.

1. Jacqueline Demornex (*Le Pire, c'est la neige*, *op. cit.*, p. 187).

Page 341. *Cuevas blues*

Publié dans *La Nouvelle Revue française* (n° 337, 1er février 1981), *Cuevas blues* fera l'objet en 1986 d'une plaquette illustrée par 6 dessins de José-Luis Cuevas, chez Fata Morgana. Avec le poète Octavio Paz et les peintres Francisco Toledo et Juan Soriano, le dessinateur José-Luis Cuevas (né en 1934) est une des principales admirations mexicaines de Mandiargues, qui apprécie la violence de son inspiration. En 1977, il a présenté son œuvre dans « José-

Luis Cuevas ou la ruelle du triomphe » (*Ultime Belvédère*, 2002). Dans *L'Ivre Œil*, « Octobre I » lui est dédié. Dès le titre, « Cuevas blues » est d'un lyrisme exceptionnel : ce portrait visionnaire sous le signe de Bessie Smith — passion du poète dans sa jeunesse — tourne peu à peu à l'identification nostalgique, comme d'un aîné à un cadet auquel il passe le témoin, ce que viendra déclarer pour conclure un « Mandiargues blues ».

Page 349. *Sept Jardins fantastiques*

L'édition originale de *Sept Jardins fantastiques* a paru en 1983 à Tokyo, aux éditions Aki Muleta. Cette édition pour bibliophile comporte 7 eaux-fortes de Kiyozumi Yamashita. D'un format in-4° à l'italienne, elle se présente en feuilles, avec une chemise plein maroquin bleu estampé à froid, dans un étui de satin bleu. Le tirage est de 103 exemplaires sur papier d'Arches. C'est à Aki Muleta, poète, galeriste et amie du poète, que s'adressent deux des plus beaux poèmes inédits que nous présentons, « Chardons bleus » et « Aki ».

Ces sept poèmes — six poèmes en prose enserrant un poème en vers — ont été inspirés par les eaux-fortes de Yamashita. Le poète et le critique d'art se rejoignent ici en Mandiargues dans une recherche de correspondances entre ses deux arts majeurs, la peinture et l'écriture. Il s'y employait déjà dans *Astyanax* avec le « Septuor » dédié à Toyen et les « Sept périls spectraux » introduisant à des lithographies de Dorothea Tanning, dans *Ruisseau des solitudes* avec les « Sept poèmes à couteau » écrits « Pour Magritte », ainsi qu'avec les six « Parapapillonneries » dédiées à Meret Oppenheim dans *L'Ivre Œil*. Ces jardins inquiétants où la mort rôde n'ont rien d'édénique : la cruauté s'y mêle à la volupté.

Page 355. *Les Variations citadines*

Les Variations citadines ont paru en édition originale chez Michel Cassé (coll. « Une Voix Un Geste »), en 1992. La couverture et 4 lithographies sont dues à Bona. Le volume in-4° carré, en feuilles, a été tiré à 80 exemplaires. Un fac-similé du poème « À Bona » prend place en ouverture. Gérard Macé a signé la postface.

Cette publication posthume réunit à l'intention des bibliophiles les tout derniers poèmes de Mandiargues, qui n'a pas achevé la

« variation » qu'il avait entreprise sur Paris. Plusieurs titres ont été biffés sur le Ms : *Les Citadines concluantes, Les Travaux citadins.*

Page 360.

1. Jouant comme il aime le faire avec les suggestions symboliques de son nom, Pieyre de Mandiargues propose avec ce « Simon Pierre Minime / Possesseur de tous les secrets de la cité » un ultime autoportrait dans lequel il s'environne avec humour des deux figures de femmes qui ont toujours séduit son imaginaire, la sensuelle Leda et Lucia l'artiste.

POÈMES INÉDITS

Page 365.

1. Ce poème sans titre se rattache à une série de cinq poèmes également sans titre disséminés en italique dans *Astyanax* (1957). Le premier a pour incipit : « J'ai dit à celle que l'on nomme ».

Page 366.

1. « A.P. » : selon toute vraisemblance Alejandra Pizarnik, jeune poétesse argentine et amie de Mandiargues. Sur son destin tragique, voir *supra* « Variante » (*Ruisseau des solitudes*).

Page 367.

1. Publié en fac-similé dans la revue *Africasia* (8 mai 1972), ce poème a été écarté de *L'Ivre Œil*, en raison probablement d'une violence polémique (provoquée par la guerre du Vietnam) qui le date. Mandiargues a toujours manifesté une grande distance à l'égard des États-Unis, confiant au journaliste belge André Drossart avoir l'idée qu'il « n'y a pas grand-chose à attendre des gens qui parlent l'anglais ». (*Le Soir*, 18 mars 1971.)

Page 369.

1. Sylvia Bourdon, actrice de cinéma pornographique, a ouvert à Paris en 1978 une galerie d'art érotique où elle a exposé notamment Bona, Bellmer, Ljuba et rencontré Mandiargues.

Page 370.

1. Ce poème et le suivant rendent un hommage vibrant à une amie japonaise du poète, la galeriste Aki Muleta qui a édité *Sept Jardins fantastiques*. Voir *supra*.

Page 372.

1. Double éloge en parallèle qui transforme en « bessons » (en jumeaux) deux dandys homosexuels : l'écrivain suisse Charles-Albert Cingria (1883-1954), que Mandiargues tenait en vive estime (voir « D'écureuils et de foudre », *Le Belvédère*, p. 69-80) et Filippo De Pisis (1896-1956), écrivain et peintre italien de l'école métaphysique, oncle de Bona. De celui qui fut un de ses grands amis Mandiargues a traduit *La Petite Bassaride* (L'Herne, 1972) et *Onze plus un poèmes* (Fata Morgana, 1983).

Page 374.

1. Poème de violence érotique dans la lignée des rituels sadomasochistes que présentent « Prosternement » et « Agenouillement » (*L'Ivre Œil*) ou « Tête d'or » et « Consommation » (*Gris de perle*).

RUISSEAU DES SOLITUDES

Cinquième cahier de poésie

RUISSEAU DES SOLITUDES

L'IVRE ŒIL

Sixième cahier de poésie

L'IVRE ŒIL

LES PORTES DE CRAIE

DU MÊME AUTEUR

Dans la même collection

L'ÂGE DE CRAIE suivi de DANS LES ANNÉES SORDIDES, ASTYANAX et LE POINT OÙ J'EN SUIS.

Ce volume,
le quatre cent cinquante-quatrième
de la collection Poésie,
composé par Interligne
a été achevé d'imprimer sur les presses
de CPI Bussière à Saint-Amand (Cher),
le 12 décembre 2009.
Dépôt légal : décembre 2009.
Numéro d'imprimeur : 093570/1.
ISBN 978-2-07-032109-4./Imprimé en France.

169747